안기준 자서전

흙의 향기,
대지의 노래

토담미디어

아내와 함께 찍은 기념사진

문중 행사에 참석하여 아들들과 함께 찍은 사진

손주의 탄생을 기념해 찍은 가족사진

회갑 기념사진

스스로 개척하지 않으면 살아갈 수 없다

내 나이쯤 되면 누구나 지나온 길을 돌아보게 된다. 살아온 날들보다 살아갈 날들이 적게 남았기 때문일 것이다. 그 숱한 세월동안 나는 과연 무엇을 하며 살았는지 행복했는지 불행했는지 자문도 해보고 또 남아 있는 여생은 어떻게 보내야 할지 정리하게 된다.

어려운 시절에 태어나 힘들게 살아온 사람들이 어디 나뿐이겠으나, 그래도 내 인생의 굴곡은 그 누구보다 거칠고 험하였다. 그때는 정말이지 삶의 끝이 여기구나 싶을 정도로 멀고 아득하여 희망이나 미래 같은 것은 꿈꾸지 못하였다.

그러나 여기까지 당도해보니, 내 인생이 결코 헛되지 않았다는 것을 깨닫게 되었다. 나는 누구보다 열심히 살았고, 반듯하게 살았다고 자부한다. 혹자는 그런 나를 두고 지나치게 깔끔하고 성실해서 불편할 때도 많았다고 하는데, 타고난 성품인 것을 이제 와서 어찌 바꾸겠는가. 배운 것 없는 내가 그나마 여기까지 올 수 있었던 것도 따지고 보면 그 깔끔하고 부지런한 성품 탓이었다.

어린시절부터 스스로 개척하지 않으면 살아갈 수 없다는 것을 나는 수많은 경험을 통하여 알게 되었다. 세상은 결코 누구의 도움으로 살아가는 것이 아니라, 자신의 능력과 노력으로 살아가야 한다는 것을 일찍부터 깨우친 것이다. 인생이란 참으로 소중한 것이다. 빛나는 인생이든 보잘 것 없는 인생이든 생명의 소중함을 안다면, 어떠한 어려움도 극복해낼 수 있다고 생각한다.

그야말로 평생 농사로 굳은살이 박힌 나 같은 사람이 책을 썼다고, 더러는 실소를 지을 수도 있을 것이다. 그러나 나는 살아온 내 삶을 돌아보고 반성하기 위해서 이 글을 쓴 것이지, 누구를 보여주고 자랑하기 위해서 글을 쓴 것이 아니다.

나는 이 글을 통해서 그동안 맺어온 모든 인연들에게 고마움과 미안함을 고백한다. 가장 미안하고 고마운 사람은 역시 지금까지 내 곁을 지켜주고 있는 아내이다. 현명한 아내가 곁에 없었더라면 나는 아마 오늘처럼 밥술이나 먹고 산다는 소릴 듣지 못했을 것이다. 아내는 내 평생의 반려자이자 스승 같은 사람이다. 더불어 소탈하지 못한 내 성격에도 불구하고 훌륭하게 자라준 사랑하는 자식들인 병국, 병희, 영주, 인숙, 진환과 여러 손자 손녀들에게도 고마운 마음과 미안한 마음을 함께 전한다. 가족처럼 소중한 것은 세상에 없다. 남은 인생동안 나는 사랑하는 가족들과 많은 시간을 보내고 싶다. 부디 우리 가정이 건강하고 화목하길 기원한다.

2008년 1월 의정부에서

안 기 준

목 차

안기준 자서전

흙의 향기, 대지의 노래

초판 인쇄 | 2008년 1월 5일
초판 발행 | 2008년 1월 12일

지은이 안기준 **발행인** 홍순창
편집 이경희 **기획** 김보현 **북디자인** 정지영
펴낸곳 토담미디어 **등록번호** 2-3835호 2003년 8월 23일
100-032 서울 중구 저동2가 4번지 고당기념관 4층
주문전화 2271-3335 **팩시밀리** 2271-3336
홈페이지 www.todammedia.com

책값은 뒤표지에 있습니다.
잘못된 책은 바꾸어드립니다
ISBN 978-89-92430-14-2

흙의 향기, 대지의 노래

안기준 지음

토담미디어

새로운 세상을 만나다

나의 출생지는 서울 종로5가 오정목이다.

당시는 일본의 식민통치시대로 우리민족 역사상 가장 암울했던 시기라고 할 수 있다. 많은 시간이 흘러 유년을 모두 기억할 수는 없지만, 그때는 너나없이 먹고 사는 문제가 가장 절실하였다. 물론 일제의 갖은 만행으로 인간의 존엄성과 가치 따위는 논할 나위도 없었고 배고픔 앞에서는 그저 사치스러운 단어에 불과할 뿐이었다.

나의 부친 역시 하루하루를 근근이 살아가는 노동자였으니, 결혼을 하고 아들을 출산했다고 해도 대단한 경사라고 기뻐하기는 힘들었을 것이다. 식구 하나가 늘어나면 끼니 걱정도 늘 수밖에 없던 시절이었다. 그러나 생명의 탄생이란 자연의 이치고 축복인 것이다. 세상이 아무리 어수선해도 탄생과 소멸의 반복을 물리적으로 막을 수는 없는 법이다.

내가 겪은 최초의 아픔은 서로의 얼굴을 채 기억하기도 전에 아버지와 헤어졌다는 것이다. 때문에 나는 지금까지 아버지의 모습이 기억에 없다. 아버지가 왜 어머니와 나를 버리고 떠났는지는 정확히 모르지만, 지금까지 나는 가정을 지키지 못한 가장의 무책임에 대해서는 이해할 수 없는 부분이 남아 있다.

덕분에 나는 그리 현명하지 못한 어머니와 둘이서 험난한 세상을 헤쳐 나가야만 하는 인고의 세월을 살아야 했다. 아버지가 없다는 것은 울타리 없는 집에 사는 것과 마찬가지였다. 울타리가 없으니 늘 춥고 무섭고 불안하였다. 오죽하면 옛말에도 애비 없는 후레자식이라는 말까지 했을까. 애비가 없어 버릇이 없다는 질책보다 애비가 없어 겪어야 하는 주변의 박대가 내겐 많은 상처로 남아 있다.

그때도 더러 부유한 부모덕으로 호사를 누리고 사는 친구들이 있었다. 한 겨울에도 베 바지로 견뎌내야 하는 서글픈 인생들이 있는가 하면, 비단 솜바지에 하얀 쌀밥을 먹으며 사는 사람들도 있었다. 특히 당시의 종로통은 일본인들이 만든 크고 작은 상점들이 즐비하였고, 사람들의 출입이 잦아 늘 북적거리고 번화하였다.

어찌 보면 그 시대의 혜택으로 오히려 삶을 윤택하게 사는 사람들도 더러 있었다. 그러나 나는 전형적인 도시 빈민으로나마도 뿌리를 내리지 못한 채 서울을 떠날 수밖에 없었다. 부친이 변변치 못한 어머님과 나를 의정부에 있는 외가에 떠맡겨 놓고는 사라져 버린 것이다. 내 나이 3살 때였다.

부친의 부재로 인해서 나는 친가의 뿌리를 인식하지 못하고 자랄 수밖에 없었다. 조부가 어떤 성품의 사람이었는지, 조모는 어떤 사람인지 알 수 없었고, 친가 쪽 어른들 역시 어머니와 나를 찾지 않았다. 많은 시간이 흐르고 나서야 조상이나 족보를 따질 수 있게 되었지만, 어려웠던 시절 내겐 조상과 뿌리보다 따뜻한 밥 한 끼 먹여주는 사람들이 더없이 고맙게 여겨졌다.

그런 말이 있지 않던가, 눈물에 젖은 빵을 먹어보지 못한 사람하고는 인생을 논하지 말라. 지금 그런 말을 서슴없이 얘기할 수 있는 것은 나는 충분히 눈물 젖은 빵 맛을 보았고, 과거를 회상할 수 있는 여유로움을 가지게 되었기 때문이다. 그만큼 나는 열심히 살아왔다고 자부할 수 있다.

외가에서의 더부살이

지금은 신시가지로 변한 의정부 범골에 외가가 있었다. 현재에도 의정부시의 도심지가 되어있을 만큼 당시에도 그곳은 농촌마을의 중심이었다. 그곳에도 예외 없이 일본인들이 이주해 살고 있었다. 그러나 그들은 정치적인 사람들과는 달리 순박한 농부들로 한국인들과 별 무리 없이 지냈다.

더러는 일본인에 대한 분노로 안면조차 익히려 들지 않는 사람들이 많았지만, 어린 내 눈에는 그들이라고 우리와 크게 다를 게 없었다. 촌 무지렁이들에겐 먹고 사는게 가장 절박했던 시절이었으니, 민족감정이니 독립이니 따위가 귀에 들어 올 리 없었다.

하지만 주변 상황으로 짐작할 때 당시 일본은 태평양 전쟁의 소용돌이 한가운데서 세계침략이라는 큰 야욕을 불태우고 있었기 때문에 국내의 정치 및 경제사정은 최악이었다.

모든 사회 제반시설과 물자 등이 제국주의의 희생물이 될 수밖에 없었던 것이다. 당시 일본군은 전쟁에 쓰일 물자를 충당하기 위해서라면 쇠숟가락 하나부터 십대의 처녀들까지 강제로 끌고 가는 만행을 서슴지 않고 있었다.

예나 지금이나 강자가 약자를 지배하는 세상이고 보니, 힘없는 민족이 다른 민족의 지배를 받는 것은 당연한 이치일 것이다. 어린 내 귀에도 그들의 만행 사실이 심심치 않게 들려왔지만, 그 놈의 배고픔보다 더 무섭게 들리지는 않았다.

외갓집이라고 시대를 피해갈 수는 없었다. 한 살 아래인 외사촌과 외숙모, 외숙부, 어머님을 비롯해서 다섯 식구가 한 집에 모여 사는 것이 쉬운 일은 아니었다. 외숙부는 몇 마리의 소를 빌려서 동네 논밭을 갈아주고 받는 품삯으로 먹고 살았다.

품삯이라고 해봐야 다섯 식구 풀칠하기도 힘들 정도였으니, 어리다고 그냥 놀 수만은 없었다. 어린 마음에도 나는 어머님과 더부살이를 하고 있다는 생각에 매사 눈치껏 행동해야만 했고, 엄마를 대신해서 무엇이든 외숙모를 거들어야만 하였다.

눈치껏 움직이는 내가 기특했던지 하루는 외숙부가 내게 일을 맡기셨다. 외숙부를 대신해서 품삯을 받아오라는 것이었다. 마음이 독하

의정부의 옛모습

지 못했던 외숙부는 하루 종일 소를 몰아 논일이나 밭일을 해주고서도 품삯을 제대로 받아오지 못하는 날이 더 많았다.

그 일로 외숙부가 외숙모와 간간히 다투었는데, 그때마다 나는 군식구 때문에 그러는가 싶어서 가슴이 오그라드는 것 같았다. 속이 없으신 엄마는 눈치 없이 밥을 탐내기도 했지만, 나까지 그럴 수는 없었다. 나는 햇빛이 잘 드는 짚더미 속에 몸을 묻고서 무심한 하늘만 올려다보았다.

그러던 차에 외숙부가 내게 일을 맡겼으니, 나는 뛸 듯이 기뻤다. 논일도 밭일도 제대로 할 수 없는 어린 내게 할 일이 생겼다는 것은 곧 배고픔을 덜 수 있다는 소리였다. 나는 할 수 있다고 몇 번이고 고개를 조아렸다.

　외숙부는 외상값 받는 요령을 간략하게 설명해주면서 등짝을 토닥거렸다. 무슨 말을 어떻게 해서 외상값을 받아낼지 당장은 아무생각도 나지 않았지만, 잘만 하면 품삯을 받아다가 외숙부에게 건네 줄 수 있다는 사실 하나만으로도 나는 어른이 된 듯 뿌듯하였다.

고집과 배짱으로

나는 아침 일찍부터 외상 품삯을 받으러 돌아다녔다. 외숙부가 일러준 집의 위치를 밤새 잊지 않으려고 몇 번이고 되 뇌이다 잠이 들곤 했다. 그 어린 것이 무슨 재주로 외상값을 받아오느냐고 외숙모의 걱정이 심했지만, 외숙부는 끝까지 나를 믿어 주었다. 아마 만만치 않은 나의 고집과 배짱을 일찍부터 알아차리신 모양이었다.

나는 작은 체구에도 불구하고 덩치 큰 아이들과 잘 어울렸다. 외가의 형편 때문에 학교에 다니면서 공부할 상황은 아니었지만, 간단한 셈 정도는 할 줄 알았고, 상황판단이나 이해력도 또래들 보다는 빠른 편이었다. 따라서 동네사람들이 날더러 엄마를 잘 챙기라는 등 커서 훌륭한 사람이 될 것이라는 등의 말들을 했던 기억이 있다.

부실한 엄마를 돌보라는 소리는 이해가 갔지만, 커서 훌륭한 사람이 될 것이라는 소리는 내게 현실감 없이 들려왔다. 아버지도, 집도 없는 어린 내가 어떻게 훌륭한 사람이 된다는 것인지, 공부도 못하고 품삯이나 받으러 다녀야 하는 신세가 언제 어른이 될 수 있는지 아득하기만 했던 것이다.

그러나 당장은 외숙부가 내게 일을 맡기셨고, 나는 그 일을 수행할 책임이 있었다. 구멍 난 고무신을 끌면서 마을로 들어선 나는 가장 먼저 외숙부가 일려준 대로 대나무집으로 갔다. 마을에서 제법 많은 농사채를 가지고 있는 대나무집에는 늘상 일꾼들이 서너 명씩 있었는데도, 외숙부한테까지 따로 일을 맡길 정도로 들일이 많은 부잣집이었던 것이다.

대나무집 마당에 높이 쌓여있는 볏섬들을 보면서 나는 언젠가 꼭 큰 농부가 되겠다고 결심을 하였다. 그래서 하루 세 끼를 꼬박 고기반찬에 흰 쌀밥을 먹겠다고 몇 번이고 다심하면서 떨리는 목소리로 주인을 찾았다. 짚단을 나르던 머슴이 어린 것이 아침부터 웬일이냐고 핀잔을 주었다.

나는 배에 힘을 잔뜩 주고 말했다.

"저기…… 우리 외숙부가 소일해 준 품삯 받으러 왔습니다."

또 한사람의 머슴이 가소롭다는 듯 히죽거리며 내게 다가왔다.

"뭐라고? 네가 품삯을 받으러 왔다고? 그래, 네 외숙부가 누구냐?

그 놈 참 맹랑 하구만."

당장은 주인보다 머슴이 문제였다. 품삯을 받으려면 우선 머슴들의 안내를 받아야 하는 일차 관문을 통과해야만 주인을 만날 수 있었던 것이다.

가슴이 두근거렸지만 나는 다시 한 번 용기를 내서 주인이 어디 갔느냐고 물었다. 처음에는 어리다고 얕보던 머슴들이 꼿꼿한 내 태도에 표정을 바꾸더니 눈치로 주인의 출처를 묻고 있었다. 보아하니 주인은 집안에 없는 듯싶었다.

"네가 아주 작정을 하고 온 모양인데, 우리 주인 양반 아침 일찍 출타하셨다."

"기다릴 테니 걱정하지 마십시오."

머슴들은 내 태도에 또 한 번 놀란 듯 혀를 내두르더니 각자 자신의 할 일을 했다. 나는 대나무집이 잘 내려다보이는 동산으로 올라갔다. 그곳에서 출타를 한 주인이 돌아오길 기다릴 작정이었다. 하는 일없이 언제까지 기다려야 하는 것이 쉬운 일은 아니지만, 그래도 품삯을 받으려면 그 방법 밖에는 없어 보였다.

나는 소나무 숲에 누워서 넓은 들판을 바라보았다. 보릿고개라는 말이 무색할 정도로 논과 밭은 푸르렀지만 조밥으로 이른 아침을 때우고 나온 나는 슬슬 현기증이 일었다. 조보다 시래기와 물기가 더 많은 조밥은 먹기 무섭게 뒤돌아서면 배가 꺼졌다.

들일을 하던 농부들이 점심을 먹고 참 때가 지나서도 대나무집 주인은 나타나지 않았다. 배가 고픈 것 보다 품삯을 받지 못하면 어쩌나 하는 걱정과 두려움이 갈수록 심해졌다.

해가 기울기 시작하면서 불안은 더 심해졌다. 외숙부가 처음으로 맡긴 일을 제대로 못 한 채 집으로 돌아갈 수도 없었고, 그냥 있을 수도 없었다.

얼마쯤 지나자 그렇게 기다리던 대나무집 주인의 모습이 보였다. 나는 한걸음에 달려가 품삯을 달라고 말했다. 주인 역시 웬 어린애가 자신더러 품삯을 달라고 하나 의아해 하는 것이었다. 자초지종을 말했더니 주인은 걱정했던 것 이상으로 면박을 주지는 않았다. 순순히 밀린 품삯을 내어주며 기특하다는 표정까지 지었다.

그가 내 손에 쥐어 준 몇 푼의 돈은 태어나서 처음으로 만져보는 돈이었다. 비록 내 수고로 번 돈은 아니었지만, 내가 고생해서 번 돈이나 다름없었다.

손에 땀이 나도록 돈을 꼭 쥔 채 나는 집으로 돌아오는 산길로 접어들었다. 당시는 산에 나무가 울창하여 크고 작은 날짐승들이 들끓었다. 날만 저물면 날짐승들이 마당가를 어슬렁거리는가 하면, 어린애를 잡아갔다는 좋지 않은 소문도 돌던 때였다. 인적이 드문 산을 돌아서 집으로 가야 했던 나는 무서워서 식은땀을 흘렸다. 그리 멀지 않은 거리가 까마득해 보이는 것이 가늠하기 힘이 들었다.

산에선 금방이라도 무언가 툭 튀어 나올 듯 음산한 소리가 간헐적으로 들려왔다. 나는 두 주먹을 꼭 쥐고선 무조건 집을 향해서 달렸다. 저만치 외숙부 집의 불빛이 보이면서야 가까스로 안도의 한숨이 터져 나왔다.

늦게까지 나를 기다리고 있던 외숙부는 내 손에 들려 있는 품삯을 보고는 대단하다고 칭찬을 아끼지 않았다. 설마 했는데, 내가 그 일을 충실히 해낸 것이었다.

이후 외숙부의 품삯 받는 일은 전적으로 내게 맡겨졌다. 처음에는 무작정 기다렸다가 받느라 적잖은 고생을 하였지만, 점차 나는 그 일에도 요령이 있음을 터득하게 되었다. 품삯 받을 집의 명단을 외숙부한테 받으면 제일 먼저 집의 위치와 주인의 성격, 출타 여부를 파악하는 것이 중요했다. 모든 일도 마찬가지인 것이다. 일의 성격과 상대의 심리를 알고 시간을 절약한다면 능률도 오르고 훨씬 효율적으로 일할 수 있다는 생각이었다.

과학이 발달한 요즘 세상에는 더더욱 일에 대한 분석이 필요할 것이다. 주먹구구식의 단순한 방법은 이제 현실의 논리에 맞지도 않을 뿐더러, 그 논리에 맞춰 일하겠다는 사람들도 없을 것이다.

아무튼 나는 별것도 아닌 것 같은 외숙부의 일을 제법 완벽하게 수행해 냈고, 일을 맡길만 하다는 믿음을 얻게 되었다. 동네 사람들도 나를 대하는 눈빛이 전하고 많이 달랐다. 대책도 없이 외숙부의 집에 얹혀 사는 처지가 아니라, 당당하게 일하면서 산다는 소릴 듣게 된 것이다.

그보다 더 기분이 좋은 것은 부족한 어머님이 박대당하지 않는다는 것이었다. 눈치가 없다고 업신여김을 당하지도 않았고, 공짜로 밥을 많이 먹는다고 구박을 받지 않아도 되었다. 어린 아들이 이제사 제대로 밥값을 하게 된 것이다.

의정부에 사는 일본인들

일본의 제국주의 야욕은 시간이 지날수록 극에 달했다. 우리 임시 정부가 상해에 수립되었다는 소식도 들려왔고, 독립운동을 하던 사람들이 잡혀가 옥살이를 한다는 소문도 심심치 않게 들려왔다. 외가 동네에서도 일본정부와 손을 잡지 않는다는 이유로 잡혀간 지주들이 있었다. 외숙부는 내게 일본인 순사 앞에서는 행동거지와 말을 조심하라고 일러 주셨다.

또한 창씨개명이라는 특별법을 만들어 조선인의 이름을 모조리 빼앗아 버렸다. 우리말과 글을 버리게 함으로써 완벽한 식민지화를 이루려는 속셈이었다.

더러는 그들의 정책에 위험하리만큼 드러내 놓고 불편해 하는 이들도 있었지만, 농사꾼들에게 있어 일본 정부의 정책 따위는 먹고 사는 문제보다 크게 중요하지 않게 비쳤다. 혈육이나 가까운 사람들이 모질게 당하든지 끌려가지 않는 이상 피부로 느끼는 강도가 덜했다는 뜻이다.

우리 동네에 정착해 살던 일본인 농부들도 우리와 별 다름없이 농사를 짓고 사는 지극히 정상적인 농부였다. 지금도 기억나는 일본인들 중에는 읍내서 면포상을 하던 야나키사와 상, 아쿠네 상, 사노 상, 다케쿠지 상 등이 있었고, 동네 가까이서 과수원을 하던 나카사쿠 상이라는 사람도 있었다.

동네사람들이 그들한테 갖는 약간의 경계심은 그들이 우리와 다른 말을 사용하고 다른 문화를 가지고 있다는 것에 대한 낯설음이었지, 정치적인 의식이나 자존심 때문이라는 생각은 들지 않았다. 그들 역시 우리와 똑같이 아침 일찍 일어나 논과 밭으로 일하러 나갔고, 사과와 배를 따면 동네 사람들한테 나누어 주는 친절을 가지고 있었다.

당시 우리나라는 산업화가 발달하지 못해서 면직류의 생산이 전무한 상태였다. 천연직물인 삼베와 비단정도가 생산되었으나, 그것도 가공할만한 방적 및 직물공장이 없어서 전적으로 일본의 설비에 매달리고 있었다. 산업시설이 우리보다 훨씬 앞서 있던 일본이 자국민을 시장에 끌어 들이는 것은 당연한 처사였을 것이다.

동네에 살던 일본인들을 보면 실제로 우리와는 확연히 다른 옷들을 입고 있었다. 보기에는 조금 거추장스럽고 불편해 보이는 옷이지만, 옷의 질감과 색깔 등은 우리 옷과 달리 화려하고 단단해 보였다. 지금은 우리나라 패션이 일본뿐만 아니라 세계 시장 어딜 가도 손색이 없을 만큼 훌륭하다고 하지만, 당시 우리네 형편으로는 무명옷 한 벌로 사계절을 버텨야 할 만큼 옷감이 부족한 실정이었다. 요즈음 한 가지 안타까운 것은 옷과 신발이나 먹을거리가 지나치게 풍요로워 사치와 낭비가 심하다는 것이다. 젊은 애들만 보더라도 신체발부는 수지부모라 했거늘 머리에 빨간 물과 노란 물을 들이는 경우가 허다해 안타까운 생각이 든다.

심지어는 귀를 뚫거나 코를 뚫는 사례도 볼 수가 있는데, 이 또한 물질의 풍요를 바탕으로 하는 기이한 취미라고 할 수 있는 것이다. 그만큼 우리나라가 눈부시게 발전했다는 사실에는 너나없이 동감하겠지만, 물질로 인해서 인간성까지 황폐해져가고 있음을 실감하는 사람들은 그리 많은 것 같지가 않다. 우리가 이만큼 살게 된 것이 얼마나 되었다고 무엇이든 흥청망청 써대고 낭비하는 것을 보면 한심하고 안타까운 마음이 드는 것이다.

개인마다 멋을 추구하는 관점이 다르겠지만, 내 눈에는 그저 치장하지 않은 자연스러움이 좋아 보인다. 부모님이 물려주신 신체를 함부로 하지 않고, 남에게 불편함을 주지 않을 정도로 입고 행동거지를 바르게 한다면, 그보다 더한 멋쟁이가 없지 않을까 싶다.

그때 당시 어린 내 눈에 비친 일본 여자들은 부지런하면서도 무척이나 깔끔했다. 화장기가 전혀 없었고, 남편을 하늘처럼 떠받드는 모습이 인상적이었다. 그들이 즐겨 입는 기모노라는 옷만 보아도 우리 옷하고는 많은 차이를 보일만큼, 당시의 우리 경제가 얼마나 좋지 않았는지 여실히 알 수 있었다.

보리쌀 한 되, 숟가락 두 개

외숙부집에서 따로 살림을 난 것은 15살 때였다. 지금으로 치면 부모에게 어리광이나 부리며 공부에 전념해야 할 어린나이였지만 그때부터 누구의 도움도 없이 어머님과 둘이서만 세상을 살아가야 하는 시점이 시작된 것이었다.

어느 날 외숙부가 날 불러 앉히더니, 열다섯이면 충분히 한 가정을 책임질 수 있는 나이라고 하시면서 어머님을 책임지라고 하셨다.

나이가 들면서 하루라도 빨리 외숙부의 신세에서 벗어나야 한다고 생각은 했지만, 막상 살림을 따로 나라고 하니 무엇을 어떻게 해야 할지 난감하기만 하였다.

그때까지도 나는 외숙부의 품삯을 받으러 동네 사람들을 찾아다니거나 소 풀 먹이는 일들 도맡아 하고 지냈다. 입에 겨우 풀칠할 정도로 생활하시는 외숙부에게 사실 별 도움이 되지 않는 일이긴 했다. 그나마 품삯 받는 일은 할수록 생각보다 어려워서 받지 못하는 경우도 많았다. 어린 나를 깔보고 작정하고 떼어먹는 인사도 많았지만, 실제로 어려워서 돈을 주지 못하는 경우가 대부분이어서 어쩔 도리가 없었다.

사정이 이렇다 보니, 외숙부의 살림은 커 가는 입을 감당할 수 없게 되었다. 특히 7월에는 먹을 것이 없어서 풋수수를 베어다 말려 죽을 쑤어먹어야만 했다. 얼굴에는 영양실조로 버짐이 허옇게 피어나는가 하면, 부실한 끼니로 인해 툭하면 배앓이로 고생을 하였다.

이런 상황에서 내가 외숙부의 제안을 거절하는 것은 도리가 아니었다. 그리고 한편으로는 자립해서 제대로 살아보자는 오기도 생겼다.

나는 일단 외숙부에게 걱정하지 마시라고 호기있게 말했다. 그동안 돌봐주셔서 참으로 고맙다는 인사를 건네고 대문 밖을 나왔다. 아무것도 모르는 어머님은 그저 내 손을 잡고 소풍을 가는 양 즐거워했지만, 나는 솔직히 마음이 무거웠다.

살림을 나면서 외숙부집에서 가지고 나온 것은 보리쌀 한 되와 숟가락 두 개뿐이었다. 시커멓게 탄 보리쌀 한 되가 들어있는 보따리를 들고 가장으로 새로운 출발을 하게 된 것이었다. 거처할 집 역시 이웃에 사는 천복성이란 사람의 도움으로 다 쓰러져가는 움막 같은 집을 구할 수 있었다.

두 모자의 형편이 딱해 보였던지, 천복성 씨는 양재기 하나를 주면서 거기다 밥을 해먹으라고 말했다. 오랫동안 비워있던 집의 굴뚝이 제대로 뚫려 있을 리 없었고, 문풍지 또한 성할 리 없었다. 심란해서 집의 여기저기를 둘러보지만 이미 결정이 난 상황이었다.

누구를 탓할 수도 없었고, 주어진 환경을 헤쳐 나가는 수밖에는 없었다.

가까스로 벗어난 배고픔

나는 금방이라도 허물어져 내릴 것 같은 오두막집을 들락거리며 사흘을 울었다. 외숙부 집에서 떠나올 때 받아온 보리쌀은 멀건 죽으로 만들어 이틀을 먹으니까 떨어졌다.

어머님과 나는 꼼짝없이 굶을 판이었다. 다시 외숙부를 찾아가 손을 내밀 수도 없었고, 도움을 받을 다른 사람은 더더욱 없었다.

그러던 어느 날, 외숙부가 내게 일자리 하나를 소개해 주었다.

일본인 농부 오니 상 집에 가서 일을 하라는 것이었다. 그 집에서 어머님과 함께 와서 일해도 좋다는 허락이 있었다고 했다. 어머님에게는 하루에 20전을 준다고 했고, 나에게는 15전의 품삯을 준다고 했다. 당시 쌀 한말 값이 35전이었으니 결코 적지 않은 돈이었다.

나는 뛸 듯이 기뻤다. 이제야 비로소 내 일을 찾은 것 같아 가슴이 뛰었다. 그리고 어머님과 함께 일을 다닐 수 있다니 이 얼마나 큰 혜택이란 말인가!

나는 그야말로 열심히 일하였다. 어머님과 내가 먹고 사는 길이라 생각하고 새벽같이 오니 상의 집으로 가서 해가 지도록 일하였다. 바닥을 드러내던 빈 쌀독이었지만 일을 시작하고부터는 쌀과 보리가 떨어지지 않았다.

나도 그렇지만 어머님의 부실했던 몸에도 서서히 윤기가 나기 시작했다. 끼니 걱정은 덜었지만 일은 고된 편이었다. 살면서 그때처럼 먹고 사는 일이 힘들다는 것을 절박하게 느껴본 적이 없었다.

가끔 뉴스를 통해서 북한의 실정을 듣다 보면 당시 우리가 겪었던 배고픔의 기억이 생생히 떠오른다. 지금처럼 잘 먹고 잘 사는 세상에 배가 고파 죽는 사람들이 있다니, 누가 쉽게 이해할 수 있겠는가. 그러나 세상의 이치란 것이 그리 만만치 않다는 것을 나는 누구보다 경험한 터라, 북한 주민들의 굶주림이 마냥 허투루 들리지는 않는다.

넘쳐서 버리는 양지가 있는가 하면 쓰레기더미 속에서 음식을 주워 먹어야만 하는 음지의 사람들도 있다는 뜻이다.

고단한 하루를 끝내고 집으로 돌아와 어머님과 함께 먹는 저녁은 꿀맛이었다. 남들 눈에는 한없이 부실하게 사는 인생들로 보일 수도 있겠지만, 밥상을 차려놓고 따뜻한 시선으로 아들을 바라보는 어머님이 있으니 나는 만족했다.

많건 적건 가족이란 울타리만큼 든든하고 평화로운 것도 없다. 가족이 없이 어떻게 내가 있을 수 있고, 내가 없이 어떻게 가족이라고 말할 수 있겠는가. 더러는 세상이 개인 중심으로 돌아간다는 우려의 목소리를 높다. 나 역시 세상 돌아가는 소리에 귀를 닫고 있지 않으니, 작금의 문제에 가슴 아프지 않을 수 없다.

세상이 달라졌으니, 세대가 변해가는 것 또한 이상할 것 없으나 가족의 해체니 위기 하는 소리만큼은 듣지 말았으면 하는 바람이다. 그러고 보면 과학의 발전이니 디지털시대니 하는 것들이 꼭 좋은 것만은 아니라는 생각이 든다. 좀 부족하고 똑똑하지 못해도 정을 나누고 살아야 하는 것이 세상의 이치가 아닌가.

나하고 비슷한 연배인 지인이 털어놓은 고민이다.

그 사람에게는 다섯 명의 아들과 딸이 있었는데, 하나같이 일류대학을 나와 좋은 직장에 다니고 있었다. 결혼 또한 좋은 배필들을 만나 부모 걱정 시키지 않고 적당한 시기에 가정을 이루었으니, 부모로서는 더 이상 바랄 것이 없었을 것이다.

그런데 그런 훌륭한 자식들을 두었음에도 그는 항상 맘이 편해 보이지 않았다. 원인은 그가 가지고 있는 약간의 재산이 문제였다. 그 사람이나 나나 한평생 농사꾼으로 살아서 가지고 있는 것이라고는 땅

밖에 없었다. 헌데, 그 땅이 도시계획이니 뭐니 해서 값이 오른 것이 화근이었다.

전에는 별로 관심을 보이지 않던 자식들이 하나 둘 손을 벌리기 시작하면서 문제가 생기기 시작한 것이다. 견물생심(見物生心)이라고 그 누군들 재물에 욕심이 생기지 않겠는가. 하지만, 일평생 땅만 파먹고 살아온 부모에게 있어 그 땅은 삶이고 인생인 것이다. 그 마지막 인생을 정리해서 나누어 달라고 하는 것은 아무리 생각해도 자식된 도리가 아닐 것이다. 부모된 입장에서 자식들의 그런 요구를 묵살하기도 그렇고, 팔아주자니 서글플 것이다.

사람의 욕심이란 것이 가지면 가질수록 더 가지고 싶은 것이다. 그런 욕심들 때문에 사건이 일어나고, 사고가 생기는 것을 알면서도 쉽게 버리지 못하는 것은 노력하지 않고 이룬 성공과 부가 원인일 수도 있다.

고생 모르고 자란 자식들은 당연히 부자 부모에게 끝까지 욕심을 버리지 않을 것이고, 부모는 그것이 자식에 대한 도리고 사랑이라고 착각해서 모든 걸 주게 되는 것이다. 나는 주위에서 그런 예들을 많이 보아왔다. 하나같이 부모와 자식, 형제간의 갈등으로 비화되는 비극을 초래하였다.

옛말 그대로 인생이란 것이 공수래공수거(空手來空手去) 아닌가.

태어날 때 빈손으로 왔으니 돌아갈 때도 빈손으로 가는 것이 당연한 것이다. 아무리 많은 재물과 명예를 가졌다 해도, 그 모든 것이 이승에서의 잠깐에 불과하다는 것을 깨닫지 못한다면 어리석은 삶을 살 수 밖에 없을 것이다.

세 끼를 굶어도 남의 집 담장을 기웃거리지 않던 옛 선비들을 생각한다면, 지금 사람들이 얼마나 물질만능에 취해서 사는지 알게 될 것이다. 먹고 사는 문제의 도를 넘어 이젠 즐기며 사는 세상으로 변한 것을 어찌 바꿀 수 있겠나. 그러나 나는 한 번 쯤 돌아보고 반성하면서 고칠 것은 고쳐야 한다고 생각한다.

한겨울의 사방공사장

우리 사회도 점점 중산층이 무너지고 최상위층과 빈곤층의 양극화가 심하다는 우려의 목소리가 높다. 그것은 경제 성장의 기폭이 큰 나라일수록 심하다는 진단이다. 속된 말로 있는 놈은 배가 터져서 죽고, 없는 놈은 배가 곯아서 죽는다는 현실적인 얘기일 것이다. 내가 열다섯이던 당시도 지금과 크게 다르지 않았다. 만석집 머슴은 혈색도 다르다고 할 만큼 빈부차이가 심했다. 지주들의 곳간에는 곡식이 넘쳐났지만, 소작인들은 부황 들어 누렇게 뜰만큼 힘들고 괴로웠다.

굶어죽는 사람도 흔하였고, 동냥을 하러다니는 거지들도 부지기수였다. 그렇지만 지주들은 달랐다. 그들의 재산은 소작인들의 피와 땀을 바탕으로 기하급수적으로 불어나 적잖은 원성을 사기도 하였다.

공부를 많이 못해서 잘은 모르지만, 소작제도는 삼국시대부터 시작되었다고 한다.

본래는 그 해 수확량에 비례해서 현물 소작료를 지불하는 방식이었으나, 지주들과 일제의 폭정으로 인해서 수확량과는 관계없이 일정한 소작료를 받아가는 바람에 소작인들의 고통이 이만저만 아니었다.

지금처럼 과학적으로 농사를 짓던 시대가 아니라서 가뭄과 홍수 등의 자연재해가 농사를 망치기 일쑤였다. 그리되면, 소작료는 고사하고 식구들 입에 풀칠할 식량조차 남지 않는 경우가 허다했다.

사정이 이렇다보니 소작을 포기하고 품을 팔러 다니는 사람들이 늘어났다. 농사를 지어 빚을 지고 사느니 하루하루 품을 팔아먹고 사는 것이 낫다고들 생각한 것이었다. 당연히 품삯이 점점 떨어지는 현상이 일어났고, 어른의 대열에 끼지 못한 나는 더 낮은 품삯을 받는 대우를 받아야만 했다.

어른 이상으로 일을 하면서 그런 대우를 받으니 나는 자연적으로 부당하다는 생각을 갖지 않을 수 없었다. 똑같이 일하는데 누군들 덜 받고 적게 받고 싶겠는가.

더구나 나는 그 누구보다 부지런하고 성실하게 일하였다. 차츰 나는 계속 품을 팔아먹고 살 수 없다는 생각을 하게 되었다. 먼 장래를 위해서도 뭔가 다른 방법을 찾아야만 했다. 당장 먹고 사는 문제도 그렇지만 결혼도 하고 진정한 가정을 꾸려가자면 좀 더 나은 일자리가 필요했다.

당시는 연료가 절대적으로 부족한 형편이었다. 지금과 같이 기름이

사방공사

나 가스가 풍부하지 못했기 때문에 나무와 짚 등을 난방에 활용하는 경우가 많았다. 그런 연료가 부족한 탓에 한 겨울을 나는 것은 생사를 넘나드는 것처럼 대단히 힘이 들었다. 겨울을 나고 나면 거지들이 줄어든다는 말이 나올 정도로 추위조차도 우리를 살기 힘들게 하던 시절이었다.

나도 사방공사장에서 일하기 전에는 산에서 나무를 해다 팔았다. 톱도 없어서 낫으로 나뭇가지를 잘라 내려왔다. 지게를 진 채 산길에 미끄러져 양 무릎에 피가 철철 흘러도 아픈 줄을 몰랐다.

망월사 뒷산에서 주로 나무를 했는데 내가 산에 오르지 않으면 당장 다음날 어머니를 굶겨야 했으니 하루라도 쉴 수 없었다. 나는 아침도 굶은 채 산에 올라가 해가 설핏해 질 때까지 고작 지게 한 짐의 나무를 해 올 수 있을 뿐이었다. 나뭇짐을 집으로 갖고 왔다가 다음날 아침 장에 나가 쌀 한 됫박과 바꾸어 어머님 밥을 지어드리고 다시 산으로 올라가는 나날이 이어졌다. 그러던 중 사방공사장 인부로 일하게 되었던 것이다.

당시에는 무분별하고 빈번한 나무 채취로 벌거숭이산들이 많았는데, 이로 인해서 산사태가 자주 발생하였다. 정부에서는 이를 막고자 사방공사를 실시하는데 많은 인부들을 동원하였다. 농사일 품삯보다 훨씬 많은 35전이란 돈을 주었고 그만큼 일은 힘들었다.

생각을 고르던 차 나는 사방공사장 일을 나가기로 결심하였다. 내 나이 열여섯이니 웬만한 일도 끄떡없이 해낼 정도로 힘과 눈치가 있었다. 어렵지 않게 일을 구한 나는 품을 팔러 다닐 때보다 더 열심히 일했다. 더구나 사방공사를 맡아 하는 곳이 일본 정부라 그들의 눈에 거슬리면 안 되었다. 공사 현장에 나와 있는 일본인 감독은 보기에도 위협적어서 잠시 잠깐의 한눈조차 팔수 없었다.

혹한의 추위에 공사장에서 일을 하다보면 손과 발이 얼어붙어 감각이 없었다. 그 혈기 왕성한 나이임에도 얇은 홑바지를 입고 겨울을 견디는 것은 쉽지 않았다. 실제로 함께 일하러 다니던 친구들 몇 명은 동상에 걸려 심하게 고생을 한 적이 있었다. 새벽부터 날이 저물 때까지 흙을 퍼 옮기고, 돌을 나르는 일은 아무리 강단이 좋아도 버티기 힘이 들었다. 뱃속이 든든해도 하기 힘든 일을 끼니도 거르고 했으니, 몸이 축나는 것은 당연했다. 나는 점점 아침에 일어나는 것이 힘들었다. 사정을 정확히 알지 못하는 어머님은 심히 걱정스러워했지만, 한계에 다다른 몸을 추스르는 것은 쉽지 않았다.

35 전의 희망

사는 동안 자신이 좋아하는 일만 하면서 산다면 얼마나 행복하겠는가. 그 행복한 일이 돈과 명예까지 안겨준다면 더 이상 바랄 것이 없을 것이다. 그런 삶을 살아온 인생이라면 진정 복을 타고난 사람이라고 해도 무방할 것이다.

그렇다고 주어진 여건에 묵묵히 살아가는 사람들이 불행할 것이란 소리는 아니다. 그들은 그들 나름으로 자신을 사랑하며 사는 방법들이 있을 테니까 말이다.

흔히 말하는 사람의 팔자란 것이 따지고 보면 자신의 의지로 개척되는 경우도 있지만, 의지하고는 상관없이 세상사에 떠밀려 사는 사람들이 더 많은 법이다.

죽어라 노력을 해도 안 되는 사람이 있는가 하면 노력하지 않아도 가만히 앉아서 먹고 사는 사람도 있는 것이다. 잘되면 내 탓이요, 안 되면 조상 탓이라는 말과 다르지 않을지도 모른다.

내 경우도 그렇다. 애당초 가진 것 없이 태어났으니 스스로 몸을 굴리지 않으면 살 수 없었다. 누구에게 지름길을 가르쳐 달라고 할 수도 없었고, 세상을 읽을 줄 하는 똑똑한 눈을 가진 것도 아니었다.

소학교조차 제대로 다니지 못했으니 사실 까막눈이라 해도 무방한데. 어찌 경제를 알고 사회를 파악할 수 있었겠는가. 어려운 시기에도 또래 중에는 고등교육을 받으러 서울로 가는 친구도 있었고, 일본어를 유창하게 구사하는 친구들도 있었다. 처음부터 그런 친구들을 부러워 조차 할 수 없는 형편으로 살아온 처지라 배우지 못한 원망 따위는 없었지만, 이어지는 험난한 운명 앞에서 눈물을 흘리지 않을 수 없었다.

사방공사장에서 버는 35전이란 돈이 내 인생의 어떤 희망의 단초가 될 수는 없었다. 욕심이란 것이 배만 고프지 않아도 살겠다 싶었는데, 끼니문제가 해결되고 나니 이 일이 과연 내게 어떤 미래를 주는가 하는 의문이 자꾸 생기는 것이었다. 해가 뜨면 공사장으로 나가 소처럼 일하고 밤이 되면 아무 생각 없이 지친 몸을 쉬게 하는 일상의 반복이 갈수록 회의를 갖게 하였다.

친구들이 다른 고장으로 품을 팔러 가자는 제의를 여러 번 해왔지만 어머님을 생각하면 그럴 수도 없었다. 오로지 하늘 아래 나 하나 의지하고 사는 어머님을 혼자 두고 고향을 떠난다는 것도 도리가 아닌 듯싶었다.

그래도 가까이 외숙부와 외숙모가 있어 어머님과 나를 간간히 살펴주었고, 급할 때는 집을 나간 아버지의 역할도 대신해 해주었다. 혈육이란 것이 때로는 남보다 못하다는 소릴 하지만, 그래도 혈육만큼 자신을 잘 알고 이해해주는 인연도 없을 것이다. 살면서 나는 외숙부에 대한 감사함을 한 번도 잊어본 적이 없다. 그만큼 어린 날의 내게 외숙부의 존재는 아버지의 빈자리를 대신하였고, 세상을 살아가는데 있어 뿌리를 내릴 수 있도록 도움을 준 고마운 분이시다.

화부시험에 합격하다

한동안 사방공사 현장 일을 하면서도 나는 항상 다른 일을 찾기 위한 노력을 게을리 하지 않았다. 물론 나의 능력으로 찾을 수 있는 일은 아니지만, 내가 할 수 있는 다른 일자리가 있는지 알아보고 기회를 찾는데 노력을 했다는 뜻이다.

일찍 일어나는 새가 먹이를 구한다는 말이 있듯이 사방공사 일을 하면서 열심히 찾다보니까 다른 일자리가 보였다. 어차피 사방공사 일은 기한이 있었고, 평생 직업으로 삼을 일은 아니었다. 나의 새로운 일자리 결정에 외숙부와 어머님은 은근히 걱정을 하였지만, 한번 결정한 일에는 결코 후회를 하거나 미련을 갖지 않는 성격 덕분에 나는 별 걱정이 없었다. 지금까지 맨 손으로 시작했는데 두려울 것도 겁날 것도 없었다. 이보다 더한 고생이 있을 것 같지 않았고, 더한 어려움이 날 기다리고 있다는 부정적인 생각은 들지 않았던 것이다.

내가 새로 얻은 일자리는 기차 화부자리였다.

두 명이 교대로 기차화통에 석탄을 뿌리는 일로 시커먼 먼지를 뒤집어쓰고 해야 하는 어려운 일이었다. 그 일도 지원자가 많아 이른바 시험을 통과해야만 취업할 수 있었다. 지게를 지고 서 있으면, 등 뒤에서 커다란 삽으로 석탄을 퍼서 지게 안에 던졌는데, 지원자의 균형감각과 힘을 테스트하기 위한 것이었다. 힘이 약한 사람들은 두세 번의 삽질에도 비칠거리다가 지게를 진 채 쓰러지는 경우도 있었다. 체구는 작지만 비교적 단단했던 나는 덩치 이상으로 지게의 무게를 잘 버텨냈다. 그래서 무사히 화부자리를 얻을 수 있었고, 곧바로 출근해도 좋다는 허락이 떨어졌다.

당시 태평양전쟁 막바지에 있던 일본은 전세가 불리해지자 모든 상황을 침략전쟁 최후의 결전사태로 몰고 갔다. 군수물자를 대기 위해서 농민들에 대한 핍박이 더 심해졌다. 심지어는 고철과 관솔까지 채집해 가는가 하면, 위안부로 십대의 처녀들을 강제로 끌고 가는 비극을 연출했다.

또한 교통이 불편한 지리적 상황을 고려해서 건설, 군수물자를 철도로 이송시켰다. 특히 만주와 중국행 군수물자는 주로 철도로 수송했는데, 철과 석탄, 소금, 콩 등의 주요산업의 원료수송과 생산품 수송에도 총력을 기울였다.

당시 운행된 여객열차는 부산역에서 북경행 급행이 49시간 정도가 소요되었고, 하얼빈행 급행이 45시간 정도 소요되었다. 안동(중국)행은 32시간, 평양행이 18시간 조금 넘게 걸렸다.

급행열차는 1등, 2등, 3등실이 있었고, 완행열차는 2등, 3등실이 연결되어 운행되었다. 열차의 요금은 서울에서 인천까지 2등이 2원 70전이었고, 3등이 1원 20전이었다. 부산 1등은 49원 50전이었고, 2등은 31원이었다. 3등 열차는 14원, 평양 1등은 78원, 2등은 49원, 3등은 22원, 북경까지는 1등 223원 60전을 받았다.

비싼 가격에도 불구하고 사람들은 기차 타는 것을 대단한 일로 여겼다. 자동차라곤 신작로에 시발택시 정도나 한적하게 다니던 때였으니, 많은 사람을 한꺼번에 실어 나르는 기차가 얼마나 신기했겠는가. 나 역시도 처음 기차를 타 보았을 때 기분은 마치 구름 위를 나는 기분이었다. 그런 막연한 기대감이 있었는지, 화부로 일할 수 있다는 것에 은근한 기대감도 생겼다. 무슨 일이든지 그렇게 처음에는 맘이 설레기 마련인가 보다.

삼복 더위에 화통을 끼고

용산역으로 출근 하던 첫날 나는 다른 날보다 서둘러 일어났다. 의정부역에서 새벽 첫 차를 타야 용산에 도착할 수 있기 때문이었다. 새벽 공기를 가르며 달리는 기차 안에서 나는 잠시 새롭게 펼쳐질 앞날을 생각하면서 멀어져가는 의정부의 들판을 바라보았다. 저 너른 들판이 모두 내 것이라면 그래서 누렇게 익은 벼들이 황금물결을 이룬다면 얼마나 행복할까 하는 생각을 하니, 가슴이 벅차올랐다. 언젠가는 꼭 반드시 그 꿈을 이룰 것이라는 각오가 생겼다. 내 땅을 가지고 농사를 짓는다면, 밥을 굶는 일도 없을뿐더러 매번 다른 일자리를 찾아야 하는 고생을 하지 않아도 될 것 같았다. 그런 날이 하루 빨리 오길 기대하며 나는 용산역으로 향했다.

그러나 처음 생각과 달리 출퇴근하는 일은 그리 만만치 않았다. 새

증기기관차

벽기차를 타고 가도 출근 시간이 빠듯했던 것이다. 그보다 마지막 기차를 타고 다시 돌아와 집까지 가는데 걸리는 시간까지 생각하면 잠 잘 시간조차 없었다.

더구나 하루 종일 석탄가루와 싸우면서 삽질을 한 터라, 몸은 거의 만신창이가 되기 일쑤였다. 겨울에는 그래도 춥지 않으니 견딜만 했는데, 여름이 문제였다. 삼복더위에 화통을 끼고 일을 한다는 것은 거의 고문이나 마찬가지였다.

연신 물을 뒤집어쓰고 들이켜도 몸은 시뻘겋게 달아 있었고, 속에선 불이 나서 견딜 수가 없었다. 더구나 아무리 노동으로 단련된 몸이라 하더라도 잠을 못 자고 버티는 것은 정말 힘이 들었다. 나는 늘 흔들리는 기차 발판 위에서 깜박깜박 졸았다. 한번은 기차에 매달리다시피 타고 의정부로 돌아오다가 그만 철로에 떨어질 뻔했다. 나도 모르게 깜박 잠이 들었던 것이다.

지칠 대로 지친 몸이 균형을 잃고 철로로 떨어졌더라면 아마 나는 불귀의 객이 되고 말았을 것이다. 사람의 운명이란 것이 한치앞을 내다 볼 수 없다고 하지만, 갑자기 나는 그 순간 누군가 날 깨우는 것 같았고, 정신이 번쩍 들었다. 날 버린 부친이 도왔는지도 모르고 조상이 보살폈는지도 모른다. 어쨌거나 나는 죽음의 문턱에서 살아 돌아왔다는 안도감으로 한동안 식은땀을 흘려야만 했다.

이렇게 나의 열일곱은 기차 화통과 함께 고단한 삶을 살아내야만 하였다. 한창 젊은 혈기에 좁은 화통 속에 갇혀서 석탄가루를 마셔야 한다는 것이 그렇게 고통스러운지 뒤늦게 깨달았던 것이다. 그러나 내게 별다른 방법이 없었다. 내가 할 수 있는 일이란 늘 그렇듯이 몸으로 부딪쳐야 하는 일이었다. 깔끔한 양복을 입고 읍으로 출근하는 친구들도 있었지만, 공부를 못한 내게는 그림의 떡으로 보일 뿐이었다.

하루는 몸이 많이 야윈 나를 본 외당숙이 의정부역 물 당고 자리가 났다고 일자리를 주선해주었다. 내 꼴이 말이 아니었던 모양이었다. 나는 시키는 대로 의정부역으로 출근을 하였다. 무엇보다 장시간 기차를 타지 않아서 힘들지 않았고, 석탄가루에 시달리지 않으니 숨 쉬는 것이 편했다. 물 당고 관리는 네 명이 물을 펌프질해서 당고에 끌어올리는 것으로 화부일 보다는 훨씬 수월했다.

착실하게 일하는 나를 눈여겨보았던지 어느 날 외당숙을 통해서 또 다른 일자리가 들어왔다. 인천에서 정미소를 하는 일본인이 황해도 연백에 가서 쌀집을 관리해 달라는 것이었다.

식량이 통제되던 시절이라 일본인은 연백에 대량의 쌀을 사 놓고는 조금씩 나누어서 들여오는 모양이었다. 나는 지금까지 해왔던 일하고는 다른 일이라 외당숙의 의견을 듣고자 하였다. 헌데, 어머니께서 극구 말리는 것이었다. 일도 힘들지 모르고 금방 장가도 가야 하는데, 그 먼 곳까지 뭐하려 가느냐고 붙잡았다. 그러면서 누구 소개로 색시까지 데려와 선을 보였는데, 어찌나 참하고 선해 뵈던지 순간 욕심이 나지 않을 수 없었다.

나는 한참을 갈등하였다. 황해도 연백으로 가서 일을 하느냐 이곳에 남아 선을 본 색시와 결혼해서 사느냐 하는 고민으로 밤잠을 이루지 못하였다. 그러다 나는 결심하게 되었다. 어머님이 저토록 말리는데 그 먼 곳까지 가는 것도 자식된 도리가 아닌 것 같았다.

그렇게 며칠 동안 우물쭈물 하는 사이 다른 사람이 연백으로 떠났고 이를 못마땅하게 생각한 외당숙은 몹시 화를 내면서 물 당고에서 날 쫓아내 버렸다.

그러나 나는 후회하지 않았다. 다른 일을 찾으면 된다는 오기가 생기는 것이었다. 지금까지도 그렇게 살아왔는데, 또 다른 일자리가 없을까 싶은 것이 전에 없던 배짱까지 생겼다.

화투판에서 날린 전 재산

한동안 나는 하는 일 없이 집안에서 빈둥빈둥 놀았다. 장터에 나가서 막걸리도 사먹고, 친구들과 자주 어울려 다녔다. 그동안 일 다니면서 모은 돈이 수중에 조금 있었던 터라 어쩌면 자만했었던 것인지도 모른다.

당시는 지금과 같은 놀이문화가 없었던지라 친구들과 어울려 화투를 치거나 술을 먹는 일이 고작이었다. 주머니에 돈이 있으니 잦은 유혹이 따랐고, 나 역시 적은 돈을 투자해서 큰돈을 만질 수도 있다는 허황된 생각에 자주 화투판에 끼게 되었던 것이다.

처음에는 그저 구경이나 하는 정도였으나, 점점 판돈이 커지면서 그야말로 노름 수준으로 변했던 것이다. 늦게 배운 도둑질 날 새는 줄 모른다고 내가 꼭 그 모양이었다.

잃은 돈을 따지 않고는 잠이 오지 않으니 계속할 수밖에 없었다. 모아두었던 돈이 조금씩 바닥나기 시작했다. 그 돈은 내가 장가도 들고 새로 집을 장만해 어머님과 함께 살 돈이었다. 나는 가지고 있던 돈 천 원을 몽땅 화투판에서 잃고 말았다. 천 원이란 그 큰돈을 홀랑 잃고 나니 그제야 정신이 번쩍 들었다. 내가 무슨 짓을 했나 후회를 했지만, 이미 천 원이란 돈은 남의 손에 넘어간 뒤였다. 나는 한동안 집 안에서 꼼짝도 하지 않았다. 어머님을 대할 면목도 없었고, 잃어버린 돈을 생각하면 울화가 치밀어 밥맛도 없었다.

자고로 노름하고 여자를 가까이 해서 망하지 않은 인간이 없다고 내가 꼭 그런 꼴이었다. 한편으로 누군가 날 시험하고 있는 것은 아닌가 하는 의문이 드는 것이었다.

길지 않은 세월동안 내게 너무도 많은 일들이 일어난 것은 결코 우연이 아닐지도 모른다는 엉뚱한 생각이 들었다. 팔자란 생각도 했지만, 그렇다면 내 운명은 처음부터 너무 가혹한 편이었다. 평범한 부모조차 주지 않았다면 다른 운이라도 있어야 하지 않겠는가.

태어나는 순간부터 지금까지 무엇 하나 변변하게 주어진 것이 없었고, 길을 개척해 나갈 현명한 방법을 가르쳐 줄 인연을 만나게 해 주지도 않았다. 오로지 무능력한 내 힘으로 세상을 헤쳐 나가야 하는 시련의 나날이었다.

사람은 누구나 한 가지 능력을 타고 난다고 하지 않던가. 그 능력을 개발해 주는 훌륭한 부모를 만난다면 더없이 운이 좋은 사람이지만 그렇지 못할 경우는 스스로 개척해 나가야 하는 어려움이 따르기 마련이다.

운명을 믿는 사람은 아니지만, 살아오면서 나는 실제로 타고난 팔자가 좋아 같은 상황에서도 별 무리 없이 인생을 살아가는 사람들을 보았다. 더러는 나처럼 수많은 우여곡절을 겪으면서 험난하게 사는 사람들도 있지만, 내 보기에 전자보다는 후자의 경우가 내 운명이고 팔자라는 생각이 들어 쓸쓸해지는 것이다.

전쟁 막바지에 받은 징용장

하는 일 없이 놀고 있을 때 기다렸다는 듯이 징용장이 나왔다. 전쟁 막바지에 있던 일본은 한 명이라도 더 전쟁터로 보내려고 징병에 혈안이었다.

일본은 독일, 이탈리아와 삼국동맹을 맺었고, 소련과 중립조약을 맺어 남진정책을 실시하고 있었다. 그러던 중 일본이 1941년 하와이 진주만을 기습함으로써 전쟁이 시작되었던 것이다.

초기에는 일본군이 우세하여 6개월 만에 작전계획을 대부분 실현시켰으나 미드웨이 해전을 계기로 전쟁의 주도권이 미국으로 넘어가게 되었다. 그 뒤 일본은 거듭 후퇴를 하게 되었으며 미국이 1945년 4월 오키나와에 상륙하였다.

그럼에도 일본군의 저항이 치열하자 연합군은 8월에 히로시마와 나가사키에 원자폭탄을 투하하여 전쟁을 종료시켰다.

내가 징용장을 받은 때는 연합군이 승리하기 직전이었다. 일본군은 눈에 불을 켜고 전쟁의 막바지 준비를 감행하였다.

도시나 농촌 가릴 것 없이 민심 또한 흉흉했고, 전쟁에 끌려간 사람들이 돌아오지 못하는 경우가 허다하였다. 아니, 한번 끌려가면 죽기 전에는 돌아올 수 없다는 것을 모두들 알고 징용을 피하고자 안간힘들을 썼다. 일본군은 한국인 징용자들을 주로 무기 제조공장에 보내거나 광산노동자 또는 총알받이로 이용했다. 당연히 희생자들이 많을 수밖에 없었다.

동네사람들 중에는 전쟁에 끌려가지 않으려고 서둘러 결혼을 하는가 하면, 징용을 피해서 만주나 다른 곳으로 야반도주를 하는 이들도 있었다. 도망치다가 잡히면 무거운 벌을 받아야했지만, 목숨을 내 놓아야 하는 전쟁터로 끌려가느니 차라리 감옥에 가는 게 낫다는 생각이었던 것이다.

막상 징용장을 받고 보니 나 역시 가슴이 덜컹 내려앉았다. 아무리 수를 써도 징용으로부터 날 빼줄 수 있는 사람은 아무도 없었다. 도망치자니 어머님이 걸리고, 또 그러다 잡히면 더 큰일 나는 것은 아닌가 하는 두려움이 발길을 붙들었다.

한동안 이리저리 궁리해 봤지만 결국 나는 징용에 나갈 수밖에 없음을 깨달았다. 들리는 소문에 의하면 끌려가는 도중에 잘만 하면 집으로 돌아올 수도 있다는 희망적인 얘기가 들려오는 것이었다.

어쩌면 내게도 그런 행운이 오지 않을까 하는 기대가 생겼다. 전장으로 가는 도중이나 전장에 나가서라도 기회를 잡으면 몰래 집으로 돌아 올 생각이었다. 그게 징용을 피해 지금 달아나는 것보다 나을 것 같았다.

37명의 징병자들

서울역에 도착한 나는 다른 곳에서 강제로 징집된 사람들과 함께 합류하게 되었다. 모두 37명이 소집되었는데, 수원에서 30명, 양주에서 7명이 차출되었다고 했다. 나는 양주 소속 7명 중에서 나이가 비교적 많은 편에 속했다. 그러나 모두 나와 비슷한 처지로 어떻게 하면 전쟁터로 끌려가지 않나 기회만 노리고 있었다.

서울역에서 황해도까지 가는 데는 하루 이상이 걸렸고, 배차 시간도 길어서 10시간 이상을 기다려야만 했다. 국수로 대충 저녁을 먹은 일행은 어쩌면 마지막이 될지도 모를 서울 거리나 구경하자고 여관을 잡은 뒤 밖으로 나왔다.

광화문을 거쳐 을지로4가까지 걸어서 우선 남산으로 올라갔다. 일행은 한 눈에 보아도 징용으로 소집된 사람들이란 걸 알 수 있을 정도로 차림도 초라했고 표정 또한 어두웠다. 나는 일행들 속에 섞여서 서울역 부근에 있는 남산 구경에 나섰다.

당시 남산은 전혀 개발이 되지 않은 상태라 숲이 울창했다. 날짐승들도 튀어나올 정도였으니 지금의 남산 풍경하고는 전혀 다른 모습이었다.

우리는 지금의 남산타워가 있는 가장 높은 곳으로 올라가 서울 야경을 바라보았다. 일제의 통치를 받고 있는 억압된 도시였지만, 서울의 불빛은 화려했다. 내가 사는 의정부와는 비교도 할 수 없을 만큼 훨씬 크고 화려한 도시였다. 다른 일행들도 아마 나와 비슷한 생각들을 하는지 여기저기서 크고 작은 한숨을 쉬는가 하면, 산간벽지에서 온 사람들은 멋있다고 탄성을 지르기도 하였다.

아무리 나이가 들었어도 누구나 고향에 대한 향수는 있기 마련이다. 자신들의 의지와는 상관없이 전쟁터로 끌려가야 하는 신세였으니, 누군들 부모가 그립지 않고 형제와 처자식이 보고 싶지 않았겠는가. 누군가는 벌써부터 훌쩍거리며 고향타령을 하기도 했는데, 나는 그럴수록 마음을 다잡아야 한다는 생각에 그들에게 동화되지 않으려고 이를 악물었다. 스스로 살아남으려 노력하지 않으면 어쩔 수 없이 전쟁터로 끌려가 목숨을 버려야만 했다.

우리 일행은 그야말로 패잔병처럼 남산을 내려와 을지로4가에 들어섰다. 지금이나 당시나 을지로와 충무로 일대는 문화의 거리답게 예술을 하는 사람들의 발길이 잦던 곳이었다. 때문에 극장도 서너 개 있었고, 크고 작은 찻집과 요릿집들도 즐비하였다. 거리에는 베레모와 파이프 담배를 입에 문 사람들도 간간히 눈에 띄었다.

황해도로 가는 기차는 이튿날 새벽에 있었다. 을지로에서 밤을 새워야 하는 신세들이니 시간을 보낼 구실이 필요했다. 일찍부터 여관에 들어가 잠을 청한들 잠이 올 리도 없었고, 주머니 속에 돈이 없으니 요릿집이나 기생집에 갈 처지도 못 되었다.

궁리 끝에 우리는 극장에 가자는 합의를 보게 되었다. 잠시 영화를 보면서 걱정도 잊고 시간도 보내자는 의견이었다. 어쩌면 죽을지도 모르는 인생들이니, 마지막으로 영화를 보는 호사나 누려보자고 누군가 제의를 했던 것이다. 아무도 그 의견에 반대하는 사람이 없었다. 그래서 우리는 무슨 영화인지 기억나진 않지만 한 시간 반쯤 걸리는 영화를 보았다.

난생 처음 본 영화였다. 텔레비전이 없던 시대였으니 그 신기함이 대단하였다. 화면 속에 나오는 사람들이 어찌나 멋있던지 다가가서 실제로 만져보고 싶기까지 하였다. 당시에도 일본 문화가 적잖이 들어와 상당히 진보적인 생활을 하는 사람들이 많았다. 서양음악을 듣는 사람들도 많았고, 말쑥한 양복을 입고 거리를 활보하는 사람들도

많았다. 나처럼 공부도 하지 못하고, 농촌에서만 살다 온 사람한테는
도시의 풍경들이 무척 신기 했을 터이지만, 이미 세상은 변해 있었다.
이후 나는 지금껏 영화관에 가 본적이 없다. 사느라 바빠서 그렇기도
했지만 별 취미가 없어서 그런지도 모른다. 세상의 변화와 흐름을 한
눈으로 보여줬던 영화 한 편이 당시 내겐 대단한 경험이었다. 영화가
끝나고 밖으로 나오자 막막한 현실이 오히려 꿈 속 같기만 해 걸음이
허둥거려졌다.

다른 일행들도 나와 같은 느낌이었는지 한동안 말들이 없었다. 어
쩌면 마지막이 될지도 모를 영화를 감상하였다는 것이 모두에게 남다
른 기분을 느끼도록 한 모양이었다.

극장을 나선 우리는 한 번 더 기분을 내자는 누군가의 주장에 의해
서 다시 선술집으로 들어갔다. 당시에도 을지로와 충무로 퇴계로 골
목에는 밥집과 국수집을 비롯하여 크고 작은 주막집들이 빼곡했다.
요릿집 정도 되는 큰 음식점은 별로 없었고, 서민들이 드나들기에 별
부담이 없는 그런 집들과 여인숙이 미로 같은 골목마다 자리하고 있
었다.

허름한 차림의 젊은이들이 우르르 몰려서 들어가자 선술집 분위가
가 대번에 술렁거렸다. 이미 징용에 끌려갔다가 돌아왔음직한 어른들
은 우리 일행을 쳐다보고 혀를 끌끌 차기도 하였다. 그 길이 얼마나

험하고 고통스러운지 안다는 뜻이었을 것이다.

우리는 가게 구석의 삐거덕거리는 나무 의자에 걸터앉았다. 허기진 배를 채우기 보다는 무언가를 하면서 시간을 때우지 않으면 미칠 것 같아서 견디기 힘들었던 것이다. 주막집 여자가 주문하지도 않은 시어터진 깍두기 접시와 막걸리 주전자를 들고 나타났다. 불쌍한 처지를 짐작해서 일행에게 서비스를 주는 것은 아닌가 하였다. 그러나 이내 우리는 그것이 서비스가 아니라, 형편을 짐작한 주모가 알아서 음식을 내왔다는 사실을 알게 되었다.

이래저래 신세가 처량했다. 우리는 부어라 마셔라 막걸리 잔을 돌렸다. 비록 막걸리 한 사발과 깍두기 안주였지만, 진수성찬이나 다름없었다. 나도 모르게 눈시울이 자꾸만 붉어지고 서러움이 꾸역꾸역 목구멍을 치받고 올라왔다.

길지 않은 것이 인생이라는데, 나는 왜 이리도 힘들고 고달픈 것인지 억울해서 죽을 지경이었다. 만일 끌려가서 돌아오지 못한다면 홀로 남은 어머님은 또 어떻게 살아간단 말인가.

한 번도 사람답게 살지 못하고 개처럼 죽음을 당한다면 이보다 더 가엾은 인생이 어디 있겠는가.

누군가는 더러 흥얼거리며 노래를 불르기도 했지만, 결코 즐거운 마음으로 부르는 노래가 아니었다. 젓가락 장단 속에도 신세 한탄이

들어 있었고, 한 모금 한 모금 뿜어내는 담배 연기 속에도 애끓는 사연이 담겨 있었다. 그 날 밤 우리는 새벽까지 막걸리를 마셨다. 어차피 잠자리에 들어도 잠이 올 리 없었을 것이다.

열 시간의 기차여행

이튿날 서울역으로 나가니 황해도로 향하는 기차가 당도해 있었다.

일행들 모두 엊저녁 마신 막걸리 탓에 더욱 초라해 보였다. 전쟁터로 떠나기보다는 전쟁을 끝낸 패잔병 같은 모습이었다. 이제 기차에 올라 탄 이상 다른 방법이 없었다.

온갖 방법을 궁리한다 해도 이미 황해도로 떠나는 기차에 몸을 실었으니 뛰어내릴 수도, 기차를 되돌릴 수도 없는 노릇이었다. 일행을 인솔하는 행정부 직원도 안타까운 마음이 드는 듯 우리 일행을 그다지 심하게 닦달하지 않았다.

할 수 있으면 눈치껏 해도 괜찮다는 듯 기차에 타고부터는 아예 눈을 감은 채 일행을 감시하지도 않았다. 보기에 그는 일본의 앞잡이 노릇을 하는 사람 같지도 않았다.

그 역시 약소민족의 설움을 당하고 있는 처지니 우리보다 형편이 크게 좋을 리 없었다. 창씨개명으로 일본인의 성씨를 쓰고는 있지만, 그도 살기 위해서는 어쩔 수 없었을 것이다.

꼬박 열 시간을 타야 하는 기차안의 풍경은 또 다른 세상이었다. 나처럼 징용에 끌려가는 사람들도 있었지만, 삶의 터전을 빼앗기고 북으로 가는 이주민들도 꽤 눈에 많이 띄었다. 그들 역시 나처럼 하나같이 행색이 초라하였고, 초겨울 찬바람에 잔뜩 웅크리고 앉아 먼 하늘을 쳐다보고 있었다.

그들은 대개 소작을 하며 살아가던 가난한 농민들로 지주의 지나친 횡포를 견디지 못하여 떠나거나 일본인들의 눈 밖에 나서 어쩔 수 없이 살던 곳을 포기하고 떠나는 사람들이었다.

고향을 버리고 타향을 택한다는 것이 얼마나 힘든 결정인지 떠나보지 않은 사람은 모를 것이다. 사람은 자신이 태어나고 자란 곳에 대한 향수를 죽을 때까지 가슴에 묻고 산다. 그래서 대부분 죽음을 목전에 두었을 때 고향을 찾는 것인지도 모른다.

결국 태어난 곳으로 돌아가고 싶은 회귀본능일 것이다. 그렇게 당시는 먹고 사는 문제 때문에 고향을 버리거나 고향을 떠날 수밖에 없었지만, 요즘의 상황은 꼭 그렇지만도 않은 것 같다.

좀 더 나은 생활을 하기 위해서 부모가 앞장서 자식을 도시로 내 보내거나 더 큰 세상을 경험해야 한다는 생각으로 이른바 조기유학을 감행하고 있는 것이 현실이다.

이젠 가정 생활의 중심이 자녀 교육으로 바뀌어 너나없이 빚을 지면서도 자식들 교육에 투자하는 세상으로 변했기 때문일 것이다. 살면서 그때처럼 오랜 시간 기차를 타 본적이 없다.

어쩌면 그 긴 시간이 내 인생에 있어서 가장 긴 여백의 시간이었는지도 모른다. 나는 좁은 기차안의 여러 군상들을 통해서 삶의 희로애락을 보았다.

황해도 훈련소

열 시간이 넘게 기차를 타고 황해도에 도착했을 때는 동이 트기 전이었다. 희뿌연 새벽안개가 뭉실뭉실 역사를 감돌고 있었다. 긴 여행에 지친 사람들이 새벽 찬 공기에 으스스 한기를 느끼며 플랫폼에 내려섰다. 난생 처음 밟아보는 황해도 땅이었다. 지금은 쉽게 갈 수 없는 이북에 있지만, 당시는 기차만 타면 갈 수 있는 곳이었다.

그때 가본 황해도의 모습을 모두 기억하지는 못한다. 그러나 기차를 타고 달리는 동안 바라본 바깥 풍경은 의정부의 전형적인 시골마을과 별반 다르지 않았다. 이북이라고 일제침략의 수탈정책에서 벗어날 수 있었겠는가. 건조한 농촌 풍경도 그렇고 벌목으로 엉성한 산림들 또한 의정부의 산하와 비슷하기는 마찬가지였다.

나와 일행은 역 광장에 미리 나와 대기하고 있던 인솔자와 함께 훈

런소로 이동하였다. 전국에서 징집되어 온 사람들까지 합하여 수백 명은 족히 넘어 보였다.

훈련소는 황해도 해안에 위치해 있었고, 숙소로 보이는 허름한 간이 천막이 산 밑에 죽 늘어서 있었다. 그 현장을 보니 이젠 틀림없이 죽었구나 하는 생각에 가슴이 철렁 내려앉았다. 앞은 망망대해니 도망칠 수도 없었고, 산 쪽은 보초들이 총을 들고 지키고 있었다. 나는 이리저리 주위를 둘러보았다. 혹시라도 도망칠 구석이 있나 찾아보았지만, 쉽지 않아 보였다.

다른 사람들도 나와 같은 심정인 듯 해변에 도착하면서는 조금씩 술렁이기 시작했다. 이를 눈치 챈 훈련관들이 우리를 줄 세우더니 훈련에 필요한 행동과 규칙을 조목조목 설명하였다. 그때부터 나는 무슨 방법을 쓰든지 꼭 이곳을 탈출해야 한다고 거듭 다짐을 하였다. 그러나 당장은 그들이 시키는 대로 훈련을 받아야만 했다.

무슨 일이든 때가 있는 법이니 적당한 때가 올 때까지 기회를 엿보아야만 했다.

훈련은 주로 노를 젓는 일이었는데, 아마 전쟁으로 군함이 침몰할 경우 쪽배에 비상 대기하고 있다가 군인들을 구하고 대피시키는 역할을 하는 것이 틀림없다고 누군가 짐작하였다.

그럴 수도 있을 거라는 생각을 하면서도 나는 반신반의하는 심정이었다. 아직까지는 큰 군함도 본 적이 없을뿐더러 실제로 전쟁의 현장을 목격하지 않았기 때문에 배의 용도에 대해서도 잘 알지 못했다. 두 평정도 되는 막사 하나에 스무 명이 넘는 훈련병들이 배치되었다. 그야말로 다닥다닥 붙어서 생활할 정도로 비좁은 공간이었다.

한밤중에 빠져나온 훈련소

입소한 첫날부터 나는 혹독한 훈련을 받았다. 서너 명이 한 팀이 되어 하루 종일 노를 젓고 또 저어야만 했다. 앞으로 가고 뒤로 가는 단순한 노동이었지만, 손바닥이 까져서 피가 철철 흘렀다. 피부가 약한 사람들은 짠 바닷물에 피부병을 앓는가 하면, 햇빛으로 피부가 까맣게 타서 전혀 다른 사람으로 보이기도 했다.

먹는 것도 부실하기 짝이 없어서 늘 배가 고팠다. 집에서도 쌀밥에 고깃국을 먹고 산 것은 아니지만, 매번 멀건 시래깃국이나 무국에 보리밥 한 덩이를 넣어주니 돌아서면 헛헛해서 견딜 수가 없었다. 잠자리도 더없이 열악했지만 고된 훈련 탓인지 눕기만 하면 골아 떨어졌다. 낮에는 종일 노를 젓고 밤에는 곯아떨어지는 힘들고도 지극히 단순한 생활이 계속되었다. 다른 생각을 할 겨를이 없어지면서 사람들

당시의 일본군의 모습

은 체념한 듯 시키면 시키는 대로 아무 저항 없이 훈련을 받았다.

그러나 나는 속으로 애가 탔다. 당초 기회를 봐서 도망을 치자고 도모를 했던 사람들이 생각이 바뀐 것은 아닌가 하여 불안했던 것이다. 그런데 훈련소에 들어온 지 2주일 쯤 지나자 이상한 소문이 나돌기 시작했다. 가까운 시일 내 모두 일본으로 가야 한다는 것이었다. 그제야 사람들은 더 이상 이곳에 그냥 있으면 안 된다는 것을 깨달은 모양이었다.

일본으로 간다는 것은 곧 죽음이었다. 전쟁이 한창인 일본으로 간다면 죽은 목숨이나 마찬가지라고 탈출 작전을 개시해야 한다는 의견들이 분분하였다. 나는 전적으로 그들과 함께 가기로 결정을 하고는 행동대장 격인 사람의 지시를 기다렸다.

보초병을 따돌리고 훈련소를 빠져나가는 것은 그리 쉬운 일이 아니었다. 따라서 구체적이고 치밀한 작전이 필요하였다. 행동대장 격인 사람이 먼저 훈련소를 빠져나갈 대안을 내놓았다. 감시가 비교적 소홀하고 막사 안에 있어 출입이 자유로운 화장실을 통해서 도망치자는 것이었다. 가만히 생각해 보니 그럴듯한 방법이었다.

누군가 먼저 화장실에 들어가 외벽을 부셔놓으면 그곳을 통해서 한두 명씩 빠져나가면 될 듯싶었다. 그 제안에 모두 동의를 하고 드디어 작전 개시일이 다가왔다.

나는 초저녁부터 잠이 오질 않았다. 작전이 제대로 이루어질지도 걱정스러웠고, 만일 작전에 실패해서 붙잡힌다면 문제가 더 심각해지는 것은 아닌가 두렵기까지 하였다. 다른 사람들도 마찬가지인 듯 그날 밤은 모두 잠을 이루지 못해 여기저기서 뒤척이는 소리가 그치질 않았다.

얼마 후 작전 개시를 알리기로 되어있는 사람이 슬그머니 화장실로 향했다. 나를 비롯한 사람들이 그의 뒤를 좇으려고 하나 둘 자리에서 일어섰다. 고단한 몸에 자정이 넘은 시간인데도 사람들의 몸놀림은 재빨랐다. 일본으로 끌려가 개죽음을 당하지 않기 위한 처절한 몸부

림이었던 것이다.

이윽고, 첫 번째로 화장실에 갔던 사람이 그 길로 도망친 기색이자 다음 사람이 뒤이어 화장실로 내달았다. 나도 더 이상 망설일 필요가 없었다. 순서를 기다리다가는 곧바로 붙잡힐 것이 분명했다. 이젠 죽기 살기로 도망쳐야 한다는 생각밖에 없었다.

나는 오직 앞만 보고 뛰었다. 누군가 내 뒤를 끊임없이 따라왔다. 나는 죽을힘을 다해서 뛰고 또 뛰었다. 자칫 속도가 떨어지면 붙잡히고 말 것 같아 있는 힘껏 뛰었지만 뒤 따라오는 사람의 속도도 만만치 않았다. 나는 들로 산으로 앞서 도망치고 있는 사람들만 죽어라 따라갔다.

그렇게 얼마쯤 달렸을까. 바짝 뒤따라오던 사람이 나를 불렀다. 이젠 죽었구나 생각하다가 뒤돌아보니, 같은 막사에서 생활하던 아는 얼굴이었다. 알고 보니 도망치느라 정신이 없어서 뒤따라 오는 사람을 잡으러 오는 사람으로 착각했던 것이다.

하늘의 뜻

경칩이 지났어도 바람은 아직 매웠다. 손과 발이 시렸지만 등에서 땀이 줄줄 흘러내릴 정도로 쉬지 않고 뛰었던 것이다.

손발이 흙투성이였고, 옷가지도 흙탕물에 뒹군 듯 엉망이었다. 산 하나를 넘은 뒤 겨우 숨을 돌리고 정신을 차렸을 때 남은 사람은 세 명 뿐이었다.

각기 다른 길로 도망을 쳤거나 도주를 포기한 상황이었다. 다행인 것은 함께 도망친 사람들이 처음부터 안면이 있던 수원과 양주 사람 이라는 것이었다. 사람의 인연이라는 것이 우리를 두고 하는 말인가 싶었다. 두 사람은 서울역을 출발할 때부터 지금까지 안면을 익혀온 사람들이었다. 나와 마찬가지로 고향에 식구들을 남겨두고 징집되어 가슴을 졸이며 훈련을 받았던 것이다.

한 사람은 처자식까지 있는 가장으로 그 괴로움을 말로 표현하지 못할 정도였다고 말했다. 우리는 이제 살았다는 안도감에 서로 악수를 나누며 잠시 휴식을 취했다. 황천길로 접어들었다가 되돌아온 기분이었다. 훈련소에 며칠만 더 있었더라면 영영 돌아오지 못할 수도 있었다. 나는 비로소 인명은 재천이라는 말을 실감할 수 있었다. 하늘의 뜻으로 목숨을 부지했으니 사는 것도 하늘의 뜻에 맡기는 수밖에 없었다.

그러나 황해도조차 벗어나지 못했으니 사실상 도망은 이제 시작이나 다름없었다. 황해도에서 의정부까지는 가늠하기조차 어려울 만큼의 거리였다. 기차를 탈 수도 없었고, 인력거나 우마차를 빌릴 처지도 아니었다. 오로지 걸어서 의정부까지 가야만 하니 갈 길이 멀고도 아득하였다. 나침반이나 지도가 있다면 방향을 가늠하기 쉬울 텐데, 날이 저물어지면서 우리는 더더욱 미궁에 빠진 기분이었다.

보이느니 첩첩산중이고, 들판이라 어디를 어떻게 빠져나가야 할지 난감했다. 우리는 우선 시장기부터 해결하고자 불빛을 찾아 마을로 내려갔다. 등잔불로 생활하던 시절이었으니 설사 한두 가구의 마을이 있다 해도 불빛을 찾아내기란 쉽지 않았다. 우리는 주린 배를 움켜쥐고서 허둥지둥 길을 찾아 헤매다 외딴 집 하나를 발견하였다. 깜박거리는 불빛이 구세주나 다름없었다. 의정부 집이나 별반 다름없어 보이는 다 쓰러져가는 초가집 마당에 들어서서 헛기침을 해보았지만 아무런 기척이 없었다.

일행이 빈집일지도 모른다고 발길을 돌리려는 순간, 바짝 꼬부라진 노인이 방문을 열고 나타났다. 노인은 마당에 서 있는 세 명의 건장한 청년들을 발견하더니 짐짓 놀라서 헛기침을 하며 돌아서려 했다. 자신을 해치려고 온 사람들인 줄 아는 모양이었다.

먹고 사는 문제가 심각했던 시절이라 도둑으로 오해를 했을지도 모른다. 나는 용기를 내서 노인을 설득하였다. 우리는 징용에 끌려가던 중 도망을 친 사람들이라고 솔직하게 말했다. 노인의 태도가 달라졌다. 자신의 아들도 징용에 끌려갔다가 간신히 살아서 돌아왔다고 그제야 우리를 안심시켰다.

따뜻한 방구들 구경을 얼마만에 해보는지 눈물이 날 지경이었다. 더구나 노인은 우리에게 조밥까지 주는 것이 아닌가. 너무나 황송하고 고마워서 나는 정신없이 밥을 퍼먹었다. 피 한 방울 섞이지 않은 남한테 그토록 온정을 베푼다는 것은 쉬운 일이 아닌데, 그때 나는 처음으로 사람의 인정이란 것이 무엇인지 깨달았다.

가장 힘들 때 도움을 주고받는 것만큼 인생의 큰 축복도 없을 것이다. 그처럼 절박했던 시절 그 산골 노인이 내게 베푼 것은 조밥 한 그릇이 아니라, 삶의 큰 축복이었다. 지쳐 쓰러졌을지도 모를 내게 손을 내밀어 길을 가도록 용기를 주고 힘을 주었으니 이보다 더 큰 은혜가 어디 있겠는가.

불교에서는 인과응보(因果應報)라고도 한다. 자신이 지은 업에 대한 대가를 받는다는 뜻으로 비교적 부정적인 의미로 쓰이는 경우가 더 많다. 당시 나는 죽을 고비를 넘기던 중, 노인이 베푼 덕으로 살아난 셈이다.

만일 노인이 도망친 우리를 신고라도 했더라면 다시는 돌아오지 못할 길로 갔을 지도 모른다. 그때까지 나는 복 없이 살아야 하는 놈이라고 원망을 했는데, 노인의 덕을 입고 보니 복 없이 태어난 것만은 아니라는 생각이 들었다. 내 조상님 덕으로 노인의 은혜를 입은 것 같았다.

얽히고설킨 인연들이 모여 사는 세상이니 자신도 모르게 죄를 지을 수도 있고, 자신도 모르게 은혜를 입을 수도 있는 것이다. 현재 자신의 능력만으로 부를 이루고 능력을 이루어 산다는 생각은 어쩌면 오만이고 위험한 생각일 수도 있다.

풀 한 포기, 나무 한 그루의 생명을 소중하게 생각하고 말 한 마디, 행동거지 하나에 존엄성을 깃들이지 않는다면 이 또한 죄를 짓는다고 할 수 있는 것이다.

뒤늦게 안 사실이지만, 처음 우리를 인솔하고 왔던 사람이 우리를 훈련소에서 도망치도록 도움을 주었다는 사실을 알았다. 그 역시 우리와 같은 조선 사람이니 누구보다 우리의 처지를 이해했을 것이다. 드러내놓고 도움을 주자니 자신의 직분을 지키지 못할 것이고, 모른 체 하자니 가슴이 아팠을 것이다.

아무튼 그날 밤 나는 노인의 집에서 모처럼 다리를 뻗고 잠을 잘 수 있었다. 두 사람도 나와 같은 심정인 듯 세상모르고 코를 곯았다. 배 부르고 등 따뜻한 것에 대한 고마움이 당시처럼 크게 와 닿기는 처음이었던 것 같다.

노인의 도움

이튿날 노인은 우리에게 그곳을 빠져나갈 수 있는 길을 가르쳐 주었다. 노인의 집 앞에는 이름을 알 수 없는 큰 강이 있었고, 그곳을 건너야만 금천을 지나 개성으로 갈 수 있다는 것이었다. 산을 넘으니 강이 기다리고 있는 셈이었다. 그곳에서 뱃사공을 은밀히 불러내 강을 건너라는 것이었다. 우리는 노인의 안내로 우선 강가로 나갔다. 아마도 우리와 비슷한 사람들이 자주 그곳을 드나들었던 것 같았다.

강어귀에 이르러 노인이 일러준 대로 사공을 부르자 숨어있던 사공이 배를 몰고 나타났다. 통나무를 쪼개서 만든 쪽배는 서너 명이 겨우 탈 수 있을 정도로 작고 위태로워 보였다. 사공 역시 노를 젓기에는 힘겨워 보이는 노인이었는데, 보기와는 달리 노를 힘차게 잘 저었다.

우리는 조마 조마하는 심정으로 강을 건넜다. 강을 건너는 내내 혹시라도 눈치를 챈 일본 순사가 잡으러 오는 것은 아닌가 불안했는데, 그런 일은 다행히 일어나지 않았다. 뱃삯은 세 사람 합쳐서 당시 돈으로 50전을 주었으니 결코 싼 금액은 아니었다.

강을 건너고 나니 바로 고향에 돌아온 듯한 착각이 들 정도로 마음이 편안했다. 눈앞에는 끝 간 데 없이 넓은 연백평야가 펼쳐져 있었다. 의정부에서 보았던 논과 들하고는 비교가 안 될 정도로 넓은 땅이 강 건너에 있을 줄은 꿈에도 상상하지 못했던 것이다.

나는 한참동안 입을 딱 벌리고 서서 들판을 바라보았다. 모내기를 끝내가고 있는 들판은 푸른 바다처럼 출렁거렸다. 황금빛으로 출렁일 가을이면 그야말로 장관일거라는 생각이 들었다. 배고픈 농부에게 이보다 더한 부러움이 어디 있을까. 나는 그 너른 들판을 보고 있자니 가슴이 부풀어 올랐다. 마치 내가 그 넓은 들판의 농사를 다 짓고 있는 듯 부자가 된 기분이었다.

그런 한편으로 한시라도 빨리 집으로 돌아가 내 논을 사서 농사를 지어야 한다는 각오가 생겼다. 마냥 소작인으로만 살 것이 아니라, 내 땅에 당당하게 씨를 뿌리고 거두고 싶은 마음으로 힘이 솟구쳤다. 그리고 나는 처음으로 세상이 참으로 넓고도 크다는 사실을 깨달았다. 그동안 나는 우물 안의 개구리처럼 산 것이다. 의정부 지주가 세상에서 가장 부자인 줄 알았고, 과수원을 하는 일본인이 가장 돈 많은 사람인 줄로만 알고 있었다.

그런 사실을 깨닫는데 비록 많은 시간과 고행이 뒤따랐지만, 나는 감사하지 않을 수 없었다. 앞으로는 좀 더 현명하게 큰 꿈을 가지고 살아가야 한다는 배짱이 나도 모르게 생기는 것이었다. 당시 나와 함께 연백평야를 바라본 친구들 역시 나와 같은 심정이었을 것이다.

그들의 눈빛도 나처럼 크게 놀라는 표정이었고, 새로운 각오를 다지는 듯 보였다. 사람이란 보고 느낀 대로 생각하고 꿈꾸기 마련이다. 무엇을 보고 배우느냐에 따라서 팔자가 달라지는 것이다. 그만큼 사람한테 환경이란 것은 참으로 중요하다. 나만해도 그렇다. 부모를 원망하는 것은 아니지만, 훌륭한 부모와 좋은 환경에서 모범적인 교육을 받고 자란다면, 그렇지 않은 사람들보다 훨씬 비전 있는 인생을 사는 것이 당연할 것이다. 또한 그런 월등한 사람들이 세상의 중심에 서 있고, 그들에 의해서 사회가 발전해 간다고 해도 과언이 아닐 것이다.

대체로 자신이 처한 환경을 받아들이고 사는 것이 현명하다고 생각하겠지만, 사람의 욕심과 욕망이란 것이 보면 가지고 싶고, 맛을 보면 먹고 싶은 것이 인지상정이다. 특히 현대사회에서 그런 욕망과 욕심 없이 살아가기란 쉬운 일이 아니다. 옛날처럼 먹고 사는 문제에만 국한되지 않고, 문화적 사치와 지적 욕구라는 또 다른 삶의 가치관이 뒤따라야 하기 때문에 더 많은 것들을 필요로 한다.

시골에서 순박하게 농사를 짓는 사람들조차 지금은 자연의 순리에만 따라서 농사를 지을 수 없다. 물과 햇빛, 농부의 손길만으로 농사를 짓던 시대가 아니라 이젠 과학적인 방법으로 농사를 지어야만 풍요로운 결실을 얻을 수가 있고 소비자들의 욕구를 충족시킬 수가 있는 것이다. 만일 내가 연백평야라는 어마어마한 들을 구경하지 못했다면 아마 여전히 의정부의 소작농으로 살아가는 것이 최고라고 생각할 수도 있었다.

최고의 삶이란 결국 자신의 눈높이에 맞는 삶을 말하는 것 아닌가. 어찌 보면 당시 내가 보았던 연백평야로 인해서 나는 큰 꿈을 가지게 되었지만, 현재의 삶이 얼마나 작고 초라했는지도 확인한 셈이다.

그처럼 세상일이란 예측할 수 없는 무엇으로 인해서 인생의 행로가 좋은 쪽으로 아니면 나쁜 쪽으로 바뀔 수 있다.

당시 연백평야의 규모는 대단하였다. 수로가 얼마나 넓은지 낚시꾼들이 배를 타고 다닐 정도였다고 한다. 그 당시에 그처럼 수로가 잘 만들어져 있다는 것은 농지정리가 잘 되어 있다는 뜻으로 연백평야의 중요성을 잘 알 수 있는 예다.

연백평야의 넓은 들을 구경한 나는 다시 20리가 넘는 길을 걸었다. 아마 해주에서 출발해 금천 쪽으로 갔었던 것 같다. 주로 강을 따라서 걸었기 때문에 제대로 가고 있는지 의심스러울 때가 많았다. 혹시라도 육지로 가다가 잡히지는 않을까 하는 염려 때문에 우리는 강이나 산으로 숨어서 움직일 수밖에 없었다.

훈련소에서 도망친 사람들이 많다보니 분명히 뒤를 쫓는 사람들이 있을 것이었다. 때문에 우리는 잠조차 편히 잘 수가 없었다. 잠깐씩 숲 속에서 눈을 부치고는 밤낮으로 무작정 걷기만 했다.

한번은 빈 집에 들어가서 잠을 청하려는데, 동네 사람이 와서 혹시 ○○도 사람이 아니냐고 묻는 것이었다. 우리가 의정부와 수원에서 온 사람들이라고 말하자 안심하는 눈치였다. 알고 보니, 우리보다 앞서 다녀간 특정지역 사람들이 좋지 않은 인상을 남기고 떠난 것이었다. 따라서 동네사람들은 지나가는 객이라 할지라도 가려서 도와주자고 의견을 모은 모양이었다. 다행스럽게도 우리는 사람들에게 밉게 보이지 않았는지 음식과 잠자리를 제공받을 수 있었다. 살짝 스쳐가는 인연이라 할지라도 함부로 말하거나 행동해서는 안 된다는 것을 깨닫는 계기였다.

비록 도망자의 몸이지만, 은혜를 베푸는 사람들에게 어찌 망언을 하고 함부로 행동할 수 있겠는가. 그들은 특정지역 사람이라서 그렇다고 말했지만, 그건 요즘말로 지역감정을 부추기는 좋지 않은 생각이다. 사람의 품성이란 것이 어디 지역에 따라 다를 수가 있겠는가.

물론 타고난 성품도 있겠지만, 교육과 환경으로 만들어지는 것이 요즘 사람들이라고 생각한다.

아무튼 우리는 좋은 인상을 심어준 덕분에 나물밥이라도 얻어먹을 수 있었다. 그곳 역시 형편이 어려운지라 남에게 밥 한 끼 대접하는 일이 그리 쉬운 일은 아니었을 것이다. 그 마을에도 더러는 잘 사는 사람들도 있었겠지만, 하루 한 끼니로 연명하는 정도의 가구들이 대부분으로 보였다.

인정이란 것은 남아서 베푸는 것이 아니라는 생각이다. 옛말에도 있지 않은가. 콩 한 쪽도 나누어 먹어야 사람 사는 도리이고 인정이라고. 오죽 살기가 어려웠으면 콩 한 쪽조차 나누어 먹어야 했을까. 그만큼 베푸는 일에는 양의 많고 적고의 문제보다 나누는 것에 의의를 두었던 것이었다.

밥술이나 먹고 사는 형편이면서도 구걸하는 이들한테는 냉정하기 이를 데 없는 사람들이 많다. 당시는 지금과 달라 동냥이나 구걸하는 사람들이 지천인지라 그들의 눈을 무시하고 보리밥 한 숟갈조차 맘 편히 먹기가 힘들었다. 옆에서 뻔히 배 곯는 소리가 들리는데 어떻게 맘 편히 내 배만 채울 수가 있었겠는가.

더러는 음식이 남아서 짐승에게 던져주거나 버리는 경우는 있어도 남에게는 절대로 인심을 베풀지 않는 사람들이 있다. 이는 사람의 도리가 정녕 아닌 것이다. 어찌 사람이 짐승만도 못하겠는가. 한 사람의 덕이 삼대의 복으로 돌아온다는 말도 있지 않은가. 복을 받기 위해서 덕을 쌓는 것은 아니지만, 살면서 우리는 인간으로서의 도리는 지키고 살아야 한다는 생각이다.

드디어 도착한 개성역

황해도 해주의 훈련소에서 도망한지 꼬박 이틀 만에 개성에 도착하였다. 도망쳐 나온 처지라 변변한 의복도 없을뿐더러 먹고 자는 문제도 형편없을 정도로 열악하였다. 그러나 마음만은 편안하였다. 죽음의 목전에서 탈출하였으니 까짓 그 정도의 고생쯤은 모두들 각오를 한 듯 한 명의 낙오자도 없이 개성에 도착한 것이다.

새벽이슬을 맞으며 마지막 산을 넘어 개성에 도착한 나는 이제야 살았다 싶은 것이 감격스러움에 눈물이 복받쳤다. 함께 도망친 친구들 역시 개성역이 눈앞에 나타나자 살았다는 안도감으로 부둥켜안고 춤을 추었다. 사실 도망쳐 나오긴 했지만, 워낙 길이 먼지라 고향에 무사히 돌아갈 수 있을까 하는 의심으로 늘 불안하였다. 또한 붙잡히지 않는다는 보장도 없었기 때문에 앞으로 달리긴 하였지만, 항상 뒤

개성의 옛모습

를 돌아보지 않을 수 없었다.

그러나 개성역에 도착하였다고 해도 덥석 역사 안으로 들어갈 수는 없는 일이었다. 역에는 이른 새벽임에도 사람들로 북적거렸고, 칼을 찬 일본 순사들의 모습도 눈에 띄었다. 섣불리 사람들 속으로 끼어들었다가는 지금까지의 고생이 헛될까봐 조심스럽게 행동해야만 했다.

개성역에서 기차만 타면 의정부까지 곧장 갈 수 있다는 생각에 마음이 두근거렸지만, 나는 한시도 경계심을 늦추지 않았다. 그러잖아도 행색이 초라해서 사람들의 시선을 쉽게 받는데, 행동까지 머뭇거린다면 금방 탈영병이라는 사실이 들통 날것이었다. 개성역을 눈앞에 두고서도 나는 한동안 저만치서 바라만 보았다. 사람들이 어느 정도 빠져나간 틈을 이용해서 기차에 올라 탈 작정이었다.

개성은 이제 가려진 북한의 도시를 벗어나 우리 민족의 역사를 새로 쓸 개성공단으로 다시 탄생되었고, 북한과 교류하는 교두보가 되고 있다.

그러나 당시는 남북을 오가는 보따리장수들이 대부분이었고, 초라한 피난민들 아니면, 만주로 이주하기 위해서 열차를 이용하는 경우가 흔하였다. 물론 큰 사업을 하거나 업무를 위해서 열차를 타는 사람들도 있었지만 대부분은 어려운 환경에서 살아나려고 기차를 타는 경우가 많았다.

의정부로 돌아오다

그날 새벽녘 개성역에 도착한 우리는 아침 이슬이 마를 때쯤에서야 서울로 가는 기차에 겨우 몸을 실을 수가 있었다. 기차의 화물칸으로 스며든 우리는 서로에게 의지하며 몸을 웅크린 채 달리는 차창 밖을 내다보았다.

황해도로 갈 때하고는 기분이 사뭇 달랐다. 돌아오지 못할지도 모른다는 두려움으로 벌벌 떨면서 기차를 탔던 때가 불과 열흘 전이었는데, 이젠 자유의 몸이 되어 집으로 가고 있는 것이다. 비록 화물칸을 타고 있었지만 얼마 후면 의정부에 도착할 수 있다는 기대감으로 나는 몹시 흥분되었다.

화물칸의 냄새와 탁한 공기 따위는 별로 신경 쓰이지 않았다. 일행들도 마음이 한껏 들떠서 연신 자신의 고향 얘기에 빠져있었다. 그동안 했던 고생이 눈 녹듯 사라지면서 마음은 벌써 어머니가 기다리고 있을 고향집에 가 닿았다.

일찍 결혼해서 아이까지 두고 있던 친구 한 명은 이제 돌이 지났을 아들 생각에 그동안 밤잠도 설쳤다면서 넋두리를 늘어놓았다. 부러운 마음이었다. 나도 그 친구처럼 결혼을 했더라면 눈앞에 삼삼하게 떠오를 아들 하나쯤은 두었을 텐데, 하는 생각이 들자 슬그머니 장가가 들고 싶었다. 어여쁜 아내와 사랑스런 아들이 날 반겨준다면 그보다 더한 행복이 어디 있을까 싶었던 것이다. 살림이 변변해질 때까지는 결혼하지 않겠다고 다짐하였는데, 그날만큼은 문득 행복한 가장이 되고 싶었다.

아마도 집을 떠나 오랫동안 고생을 하다 보니 마음이 허전해지고 외로웠던 모양이다. 세상에서 가장 따뜻한 곳이 가정이다. 밖에서 무슨 짓을 당해도 집으로 돌아오면 모두 잊게 되는 것이다. 그것이 가정의 힘이다. 아내의 따뜻한 말 한마디가 세상의 근심을 잊게 하고, 아이들의 웃음소리가 순간 자신의 존재를 느끼게 하는 것이다. 요즈음은 이혼하는 경우가 주변에 흔하기도 하고 가정의 소중함에 대한 생각이 예전처럼 각별하지 않은 것 같아 안타까운 마음이 든다.

당연히 세상에서 가장 불행한 사람은 가정이 없는 사람들일 것이다. 나는 그때서야 비로소 가정이 무엇이고 가족이 어떤 존재인지 진지하게 생각하게 되었다.

의정부역이 가까워지면서 나는 더 이상 앉아 있을 수가 없었다. 눈에 익은 산과 들이 나타나기 시작한 것이다. 들판에서 당장이라도 아는 얼굴이 튀어나올 것만 같아서 가슴이 두근거렸다. 황해도 보다 빨리 봄을 맞은 터라 들녘은 모내기가 거의 끝나가고 있었다. 연백평야와 비교할 수는 없지만 올망졸망한 논들이 파랗게 새 옷을 입고 있었던 것이다. 논바닥에 엎드려 있는 농부들의 숫자까지 눈에 들어올 정도로 기찻길이 논 가까이에 있어 더더욱 고향을 실감할 수 있었다.

드디어 의정부역이 가까워오자 기차가 서서히 속도를 줄이기 시작했다. 우리 모두는 말없이 쿵쿵거리는 가슴을 쓰다듬으며 벅찬 감격에 휩싸였다. 이윽고 기차는 의정부역에 멈춰 섰다. 그러나 나는 기차에서 쉽게 내릴 수가 없었다. 개성역에서처럼 사람들의 눈치를 살펴야 했고, 역무원이나 순사의 눈에 띄지 않도록 조심을 해야 했다. 우선은 플랫폼으로 나가지 않고 기차의 물 당고에 숨었다. 세 명의 일행 중 한 사람은 수원으로 가야했기 때문에 일단은 서울까지 가야 했고, 또 한 사람은 나와 함께 의정부에서 내려 양주로 가는 차를 갈아타야만 했다.

양주 사람과 함께 기차의 물 당고에 숨어 있던 나는 사람들이 역사를 모두 빠져나간 뒤 살금살금 의정부역 뒷편을 통해 읍으로 향했다. 배는 곯았지만, 도망치는 일에는 이골이 난 터라 보통사람보다 몇 배 걸음이 빨랐다. 주린 배를 움켜쥐고도 죽기 살기로 뛰다보니 웬만한 일에는 몸이 먼저 반응을 하였던 것이다.

어찌됐든 다 살기 마련이란 말도 아마 환경에 적응해서 살도록 만들어진 우리 몸을 두고 하는 말일 것이다. 금방 죽을 것처럼 아프다가도 살아야한다는 의지가 발동하면 상상을 초월하는 힘이 자신도 모르게 생기는 것이다.

귀향의 기쁨

가장 먼저 나를 반기는 사람은 역시 어머니였다. 그동안 혼자 지낸 어머니는 한눈에도 표가 나게 야위어 있었다. 바람막이가 되어줘야 할 내가 없었으니 사람들로부터 받았을 무시를 짐작할 만 했다. 끼니 역시 변변하게 챙겨먹지 못한 탓에 피부는 푸석거렸고, 그 사이 나이 보다 많이 늙은 것 같았다.

옆에서 외숙부가 보살펴 주었을 테지만 아들만 했겠는가. 어머니는 나를 보자마자 부둥켜안고 한참을 목 놓아 우셨다. 당신도 잃어버릴 뻔한 아들이 살아 돌아왔음을 실감하는 모양이었다. 어머니는 나를 위해서 아껴두었던 쌀로 밥을 해 주셨다. 실로 오랜만에 먹어보는 흰 쌀밥이었다. 나는 어머니가 지켜본다는 사실도 잊은 채 정신없이 밥 을 퍼먹고는 곧바로 곯아 떨어졌다.

배가 부르고 등이 따뜻한데 세상 무슨 걱정이 있겠는가. 이튿날까지 나는 날이 밝는 지도 모르고 깊은 잠을 잤다. 집으로 돌아오기까지 항상 불안에 쫓기느라 한 번도 단잠에 빠져보지 못했다. 때로는 배가 고파서 잠을 못 이루었는가 하면, 때로는 고향생각에 서러움이 복받쳐서 제대로 잠을 이루지 못했던 것이다.

때문에 나는 집을 떠날 때보다 많이 야위어 있었다. 동네 사람들이 알아보지 못할 정도로 몸이 수척해서 인사를 받고도 그냥 지나치는 사람까지 있을 정도였다. 잠이 부족하면 헛것이 보이면서 정신이 흐릿해진다. 무슨 정신으로 집을 찾아 올수 있었는지 정신을 차리고 보니 아득하기만 하였다. 잠시 잠깐 꿈을 꾼 것은 아닌가 하는 생각이 드는 것이 집으로 돌아왔다는 현실감이 느껴지지 않는 것이었다.

그러나 이제 다시 시작해야만 했다. 다행히 고향에 돌아오기는 했지만 어머니와 먹고 사는 일은 여전히 어려운 현실로 남아 있었던 것이다.

고로이 공장 취직

며칠 동안 집에서 편안히 지내자 몸이 회복되었다. 악몽 같았던 시간들도 점차 잊혀지면서 마음의 안정을 되찾게 된 것이다. 그러니 더 이상 놀 수만은 없었다.

어머니도 말씀은 하시지 않지만 집에 양식이 떨어져가고 있음을 불안해하고 있는 눈치였다. 아껴두었던 쌀도 바닥나고 당장 끼니 걱정을 하지 않을 수 없었을 것이다. 이웃에 사는 외숙부도 은근히 걱정이 되는 듯 내 일자리를 알아보고 다녔다. 이렇다 할 전문적인 기술이 없으니 마땅한 일자리 구하기도 여전히 어려운 실정이었다.

그러고 있던 중에 의정부역 근처에 있는 고로이 공장에 일자리가 있다는 연락이 왔다. 이번에도 외숙부가 여러 사람을 통해서 만든 자리였다. 쉴 만큼 쉰 터라 몸이 근질근질해 있던 나는 일자리 소식에 반갑지 않을 수 없었다.

이제부터 제대로 한번 일을 해보자는 다짐으로 힘이 생겼다. 그보다 나만 바라보고 사시는 어머니를 위해서라도 이렇다 할 직장이 필요한 것은 당연했다. 나는 군소리 없이 일을 하겠다는 전갈을 보냈다. 그 상황에서 일의 종류와 임금을 따져 묻는다는 것은 대단한 사치였다. 몇 번이고 감사해야 할 일이었다.

당시 신시가지 산 밑에 있던 고로이 공장은 화공약품을 만드는 회사로 규모가 제법 컸다. 기술이 없어도 일을 할 수 있는 일본인 회사였다. 지금으로 말하면 3D업종의 하나였으니 일본에서 보다는 남아도는 한국의 값 싼 인력을 활용하려는 속내였던 것 같았다.

그때는 일본이 한창 전쟁에 열을 올리던 때라 화공약품 공장뿐만 아니라, 다른 군수산업 모든 분야에 총력을 기울이는 형편이었다. 일본은 날로 불리해져 가는 전황 속에서 눈에 불을 켜고 군수물자 조달에 매달렸다.

때문에 그 일의 옳고 그름을 떠나서 우리나라는 그들의 요구와 강제 노동을 피해갈 방법이 없었다. 아무리 값싼 임금을 준다고 해도 거부할 수 없었고, 채찍질을 당해도 먹고 살기 위해서는 일을 할 수밖에 없었다. 아마 그 시대를 살아낸 사람 누구나 감당할 수밖에 없었던 슬픈 현실이었을 것이다.

나 역시 무슨 일을 하게 될지 알면서도 오로지 일을 할 수 있다는 생각으로 공장의 환경문제 따위는 생각해 보지 않았다. 코를 찌르는 약품 냄새와 자칫 살이 타들어가는 위험이 도사리고 있다는 사실들은 생각지도 못하였던 것이다.

위에서도 잠깐 언급하였지만, 환경이 전과는 딴판으로 좋아진 지금도 화공약품 공장에서 직접 일하는 것을 기피하는 경우가 많다. 때문에 영세한 중소업체에서는 값싼 외국인 근로자를 고용하는 예를 흔하게 볼 수 있다. 그만큼 인체에 유해하다는 사실과 환경문제에 심각한 영향을 초래하고 있기 때문이다.

처음 공장을 방문했을 때 나는 숨을 쉴 수가 없었다. 뿌옇게 흐린 공장 안은 마치 동굴 같았고, 눈이 따가워서 어디가 어딘지 분간하기조차 힘이 들었다. 누군가 적응이 되면 괜찮다고 말했지만, 과연 내가 버텨낼 수 있을까 하는 걱정이 앞섰다.

화공약품의 주재료는 주로 고래 뼈를 이용했는데, 우선 큰 가마에 고래 뼈를 오랫동안 삶는 일부터 시작했다. 고래 뼈가 완전히 녹아서 멀건 액체로 변하면 그 속에 알 수 없는 여러 가지 약품을 첨가해서 또 다시 가열하는 식의 처리과정을 여러 번 반복했다. 그 과정에서 발생하는 냄새가 어찌나 독하던지 머리가 어질어질할 지경이었다.

나는 다른 사람들보다 적응이 더딘 탓인지 시간이 지나도 어지럼증이 쉽게 가시질 않았다. 일을 마치고 집으로 돌아오면 머리가 멍해서 곧바로 자리에 눕고 말았다. 그런데 하루는 작은 덩치에 최선을 다하는 모습이 안타까웠던지 공장장이 날 불러 세웠다.

"당신 정말 성실하게 일을 잘 하는군."

나처럼 체구가 작았던 공장장은 벌써부터 날 유심히 관찰했던 모양이었다.

칭찬을 들은 마당이니 기분은 나쁘지 않았다. 그 힘든 일자리도 소개를 받지 못하면 얻지 못했으니, 나로서는 직장에서의 본분을 다한 것 같아 사실 뿌듯하기까지 했다.

이후에도 공장장은 나에 대한 호감표시를 아끼지 않았다. 나는 한시도 게으름을 피우지 않고 열심히 일하였다. 그러던 어느 날, 공장장이 또 다시 날 불렀다. 내게 새로운 일을 주겠다는 것이었다. 나의 성실함으로 얻은 보상이니 기쁘지 않을 수 없었다. 나는 흔쾌히 승낙을 하였고, 가마솥에 불을 땔 때는 화부역할을 맡게 되었다. 화부일은 전에도 해보았던 일이라 그다지 어려운 일이 아니었다.

공장 사람들은 내가 장작을 패고 화덕에 불을 지피는 모습을 보고는 적잖이 놀라는 표정들이었다. 그렇게 작은 체구에서 그런 힘이 어떻게 나오는지 궁금해 하였다. 사실 화덕의 불쏘시개로 사용할 장작을 패는 일은 누구나 할 수 있는 일이 아니었다. 힘이 좋다고 해서 잘

패는 것도 아니고, 도끼질을 잘한다고 제대로 갈라지는 것도 아니었
다. 적당한 힘과 요령으로 균형을 잡아서 내리쳐야 한 번에 쩍하고 갈
라지는 것이다.

나는 어려서부터 노동을 해온 터라 이력이 붙었다고 봐야 할 것이
다. 하지만, 농사도 모르고 거친 일도 경험하지 못한 사람들은 공장의
일이 결코 만만하지 않았다. 체력이 약한 사람은 늘 콜록거리며 감기
를 달고 살았고, 비위가 약한 사람들은 항상 현기증에 시달렸다.

공장장은 내게 팁이라면서 1원씩을 더 주었다. 투정부리지 않고 항
상 열심히 일하는 태도에 대한 일종의 보상이었다. 그러나 나는 몸이
쇠약해져서 공장을 떠나는 직원들을 볼 때마다 마음이 아프고 불안하
였다. 나도 언젠가는 그들처럼 병이 들어 공장을 떠나야 하는 것은 아
닌가 하는 생각에 가끔씩 우울해지는 것이었다.

월급은 생각보다 후한 편이었고 팁까지 받으니 그런대로 저축까지
할 수 있는 형편이었다. 외숙부도 내게 다른 생각 말고 열심히 돈 벌
라고 당부를 하였다. 그 상황에서 다른 대안이 있을 리 없었으니, 그
저 하루하루를 열심히 일하는 것이 당연했다.

공장에 다닌 지 2년이 지나자 돈이 모이기 시작했다. 천 원이라는
큰돈을 저축한 것이다. 지금처럼 은행에 저축을 한 것이 아니라, 벽장
속 나무 상자에 꼭꼭 숨겨 놓기 시작한 돈이 어느새 천 원으로 불어나

있었던 것이다. 당시에도 은행 거래를 하는 사람들이 있기는 했다. 그러나 그들은 특수층에 속하는 사람들이 대부분이었다. 나와 비슷한 사람들은 거의 물물교환으로 생계를 유지하였거나, 집안의 은밀한 장소에 현금을 숨겨놓고 썼다.

때문에 어느 집이나 벽장 속에는 자신들만의 금고를 하나씩 만들어 놓고 있었다. 쇠붙이가 부족했던 시대라 대개 나무로 만든 조그만 상자였는데, 그 속에 집문서나 땅문서, 현금 등을 보관하였다.

나 역시 대추나무로 직접 만든 상자 속에다 공장에서 받는 월급과 팁을 모아두었던 것이다. 벽장문을 열적마다 나는 가슴이 두근거렸다. 샘물조차 고이기 힘들 정도로 어려운 시절에 돈을 모으고 있었으니 밥을 먹지 않아도 배가 불렀다.

감격의 해방

내 나이 24살 때 해방을 맞이했다. 일본이 태평양전쟁에서 패한 것이다. 아침부터 동네사람들이 웅성거리며 밖으로 쏟아져 나오더니 태극기를 손에 들고 만세를 외쳤다. 내게 해방이 되었다고 소식을 전해준 사람은 외숙부였다.

외숙부는 라디오를 통해서 해방소식을 듣고, 기쁜 마음을 채 가라앉히기도 전에 무작정 내게로 뛰어왔던 것이다. 천황이 직접 항복을 선언하면서 일본인들이 하나씩 둘 조선을 떠나고 있다는 반가운 소식을 전하는 외숙부는 그때까지도 연신 들떠 있었다.

정치적인 문제로 그들에게 고문을 당하거나 핍박을 받은 것은 아니었지만, 조선은 일본의 전쟁을 위해서 수많은 목숨을 빼앗겼고 원하지도 않은채 경제적인 뒷받침을 해야만 했다. 그러니 누군들 그들의 항복을 반가워하지 않을 수 있겠는가.

그보다 일본인 앞잡이 노릇을 했던 조선 사람들은 해방이 되자 역으로 붙들려 가기 시작했다. 더러는 도망을 치다가 가족이나 동네사람들한테 붙들려 맞아 죽는 사례도 있었다. 그들도 어쩌면 살기 위해서 일본인의 앞잡이 노릇을 했겠지만, 세상이 바뀐 이상 무사할 수가 없었다.

나처럼 무식한 농사꾼이야 사상이 무엇이고, 정치가 무엇인지 몰라서 그들의 표적이 되지 않았지만, 숱한 지식인들과 학생들이 일본의 무자비한 폭력에 희생당하였다.

인근 부락에서도 살육이 일어났는데, 차마 눈뜨고는 볼 수 없는 참혹한 광경이었다. 일본의 앞잡이 노릇을 하던 몇 명의 조선인 순사를 붙잡아다가 마을 사람들이 처형을 하기에 이르렀던 것이다. 그들은 이미 순사들로부터 호되게 당하거나 가족을 잃은 원한에 사무친 사람들이었다.

마을 공터로 끌려간 앞잡이들은 그야말로 죽은 목숨이었다. 사람들은 그들을 새끼줄로 꽁꽁 묶어 놓고는 낫과 도끼, 돌멩이로 내리치기 시작했다. 그들의 찢어지는 비명소리가 온 마을을 흔들었고, 피비린내가 강물을 적셨다.

피를 피로 갚는 복수를 하고 있는 것이었다. 어렵게 살았지만, 나는 아직 복수심이라는 것을 품어보지 않았기 때문에 복수의 현장이 무섭기만 하였다. 어떻게 그토록 잔인하게 사람을 죽일 수가 있는지 이해가 되지 않았다.

사람이 동물과 다른 것은 인간이기 때문이다. 감정이 있어 사랑하고 용서하고 이해할 줄 아는 사고를 가졌으니 어찌 피를 부르는 비극을 초래할 수 있단 말인가.

그때를 생각하면 지금도 가슴이 벌렁거린다. 인간의 목숨이 일개 파리의 목숨보다 하찮게 여겨질 수도 있다는 사실을 처음으로 보고 느낀 것이다.

따지고 보면 그 모든 비극이 일본의 제국주의 야욕 때문에 생긴 일이다. 직접적인 피해를 당했든 당하지 않았든 나라의 주권을 상실했으니, 무엇하나 제대로 돌아갈리 있었겠는가.

1945년 8월 14일 제2차 세계대전에서 일본이 연합국에 무조건 항복함으로써 해방을 맞게 된 것이다. 1910년 한일합병 이후 36년간의 식민지에서 8월 15일 해방되었다. 1931년 중일전쟁에서 승리를 한 일본은 미국 하와이의 진주만을 공격하고 연합국에 선전포고를 함으로써 제국주의 열강간의 전쟁을 부추겼다.

그러나 1945년 미국이 히로시마와 나가사키에 원자탄을 투하하고, 소련이 대일 선전포고를 하자 일본은 아무런 힘도 쓰지 못하고 결국

해방의 기쁨

항복하고 만 것이다. 일제로부터의 해방은 기본적으로 미국과 소련 등 연합국의 승리에 의한 부산물이었으며, 한민족 자체의 민족해방운동에 의한 것이 아니다.

해방 이후 가장 큰 문제는 경제적 혼란과 정치적 혼란이었다.

예기치 못한 국토분단은 한국사회의 모든 면에서 극도의 혼란을 가져왔던 것이다. 무엇보다 제조업의 급격한 생산 감소와 경공업의 부진으로 서민들의 생활은 일제 때 보다 더 궁핍한 형편이었다. 실제로 해방이 되면 모든 것이 좋아질 거라 생각했던 사람들의 기대가 여지없이 무너졌던 것이다.

아직 혼자였던 나는 그럭저럭 생활을 꾸려갈 형편은 되었다. 만일 결혼을 해서 자식을 두었더라면, 남들처럼 끼니걱정 하느라 빈 논밭을 헤매고 다녔을 것이다. 추수가 끝난 논과 들에는 낟알을 주우러 나오는 사람들이 부지기수였다.

쌀 한 톨, 콩 한 알이 금처럼 귀하던 시대였으니 눈에 불을 켜고 주우러 다닐 수밖에 없었다. 해방이 되었다고 만세를 부르며 좋아하던 사람들도 차츰 자유보다 쌀밥을 더 원하게 되었다.

자유당과 이승만

혼란의 와중에도 초대 대통령으로 이승만이 당선되었다.

미국에 체류하고 있던 이승만은 광복을 맞던 그 해 10월에 귀국, 민주진영의 지도자로 독립촉성중앙위원회의 총재가 되었다. 대한민국 최초로 대표민주의원 의장으로 민족통일총본부를 운영하며 미소공동위원회 참가를 거부하였던 것이다.

그는 강력한 반공, 배일주의자로서 국내의 공산주의운동을 분쇄하고 일본에 대해서는 강경외교를 견지하는 등 국내외 문제를 개선하고자 노력하였다.

또한 이승만은 장기집권을 하기 위해서 자유당을 창설하였으며, 다음해는 정치파동을 일으켜 대통령 당선을 강압적으로 통과시키는 일을 감행하였다. 따라서 이승만은 4년 임기의 대통령직에 재선되었다.

이에 1954년 국회는 이승만에게 대통령 3선 금지를 면제해주는 사사오입 개헌을 통과시켰고, 민주당 후보 신익희가 투표 며칠 전에 사망하는 바람에 투표권자 56%의 지지를 얻어 세 번째 당선되었다.

젊은 세대들은 이승만의 활동에 대해서 잘 모르겠지만, 나와 비슷한 시기를 살았던 사람들은 3·15부정선거와 자유당 독재로 발생한 4·19에 대해서 대단히 부정적인 견해를 가지고 있다.

역사는 전쟁을 만들고 기록한 사람의 것이라고 하지만, 당시 이승만 정부의 장기집권에 대한 야욕은 또 다른 사회의 혼란을 초래하였다. 국민의 정부를 마치 한 개인의 정부인양 권력을 이용 국민들을 도탄에 빠뜨린 책임은 부인하지 못할 것이다.

나 같은 사람은 정부가 어떻고 역사가 어떠한지에 대해서 정확한 판단을 내리지 못한다. 평생 땅이나 파먹고 사는 농부들 역시 정부보다는 하늘을 믿고 자신의 부지런함을 믿으며 사는 것이 어쩌면 속 편할 것이다.

권력의 욕심에 한 번 빠지면 헤어 나오기 힘들다고 한다. 그 권력이 돈과 명예를 주고 편하게 살 수 있는 집과 땅을 만들어주니 어찌 욕심을 내지 않을 수 있겠는가. 하지만, 나는 지금까지 그런 것에 욕심을 내 본적이 없다. 돈만 있으면 무엇이든 살 수 있는 세상이니, 나라고 왜 그런 유혹이 없었겠는가. 주변 사람들의 부추김을 받아 들였다면 아마 지금쯤 엉뚱한 길로 가고 있을지도 모른다.

허나, 나는 내 분수를 알기 때문에 한 번도 내 길이 아닌 다른 길에 대한 환상을 가져보지 않았다.

사람은 자신의 몸에 꼭 맞는 옷을 입었을 때 가장 편하고 잘 어울리는 법이다. 제 아무리 화려하고 값비싼 옷일지라도 자신의 몸에 작거나 크면 더 이상 자신의 옷이 아닌 것이다.

나는 내 능력에 딱 맞는 결코 넘치거나 모자라지 않는 일을 하면서 묵묵히 살아왔다. 남의 눈을 의식하거나 남의 귀를 생각했다면 할 수 없는 일일 것이다. 어찌 보면 그도 하나의 타고난 고집일 테지만, 나는 한 번도 후회해 본 적이 없다.

오히려 돈푼이나 있으면 너나 할 것 없이 정치를 하겠다고 나서는 사람들이 한심스러워 보인다. 돈이면 다 된다는 속물적 사고방식 때문일 것이다. 부와 명예가 좋다는 걸 모르는 사람은 아마 없을 것이다. 그러나 나는 나와는 상관없는 일이라 생각했기에 부럽다는 생각조차 갖지 않았다.

그 흔한 동네 이장조차 나는 거절하였다. 나보다 더 능력이 있는 사람이 동네를 맡아야 발전할 수 있다는 판단이었다. 조직의 리더란 전체를 통솔하고 다스릴 수 있는 덕을 갖춘 사람이어야 한다. 자신보다 마을을 먼저 생각해야 하고, 마을 일이라면 언제든지 발 벗고 나설 수 있는 각오가 돼 있어야 한다. 항상 자신보다 남을 생각할 줄 아는 객관적인 눈과 판단력이 없다면 작은 지도자의 자격조차 안 된다고 생각한다.

정치권력은 정부 수립이후 지금까지 끊임없이 역사를 괴롭혀 왔다. 뉴스의 단골 메뉴가 돼버린 정치권 소식에 국민들은 더 이상 희망을 갖지 않는 것 같다.

투표율이 점점 낮아지는 것만 봐도 국민들이 정치에 대한 불신이 깊어진다는 것을 알 수 있다. 정치인들의 선심은 선거할 때뿐이지 막상 당선되고 나면 자기 욕심 채우기에 급급하다는 불신의 골이 유권자들을 정치권 밖으로 내몰고 있다는 생각이다.

언젠가 시의원 선거를 앞두고 후보 한 명이 나를 찾아온 적이 있었다. 평소부터 형님 아우로 지내는 터라 내게 선거운동을 부탁하러 온 듯 하였다. 그러나 건강을 이유로 집안에서 두문불출하는 내가 무슨 수로 도움을 줄 수 있었겠는가. 그의 은근한 부탁이 발로 뛰어다니며 도와 달라는 뜻이 아니라는 것을 알았지만, 그 또한 내키지 않아서 나는 끝내 입을 다물고 말았다. 당사자로서는 심히 서운하였겠지만, 솔직히 평생을 정직한 농부로 살면서 모아온 재산을 선거자금으로 선뜻 내놓고 싶은 맘이 없었다.

재물이란 것은 개같이 벌어서 정승같이 써야 한다고 했다. 지금까

4·19의거

지 나는 손과 발에 흙 마를 새 없이 일을 해왔다. 오로지 하늘만 믿고 성실하게 일해 온 농부인 것이다. 사람들은 더러 도시개발로 인하여 땅 부자가 되었다고 빈정거리기도 하지만, 그것은 평생 동안 땅을 지켜온 사람들에 대한 모욕이다.

다른 욕심 없이 농사를 천직으로 알고 살아온 사람들이 어찌 땅을 담보로 투기를 하였겠는가. 혹자는 부동산 투기로 평생 먹고 놀 수 있는 돈을 벌었다고 하지만, 나는 이제껏 내 땅의 값어치에 상관없이 생활의 변화를 갖지 않았다.

땅이란 것은 하늘의 뜻을 받아 사람의 양식을 생산해 내는 아주 신성한 곳이다, 그런 땅을 가지고 사람을 속이고 개인의 영달을 위한 용도로 쓰고자 술수를 부린다면 어찌 하늘의 노여움을 사지 않을 수 있겠는가.

이처럼 해방 이후부터 우리 정부는 정치권의 싸움으로 국민들의 애환과 시름이 가시질 않았다. 결국 3·15부정선거와 자유당 독재로 4·19를 초래하여 이승만이 대통령직을 사임하고 자유당정권이 붕괴되었다. 이승만은 그해 5월 하와이로 망명하여 살다가 일생을 마친 뒤 국립묘지에 안장된 것으로 알고 있다.

참하고 예쁜 색시

오두막이지만 내 집이 생기자 사람들이 장가를 들라고 성화였다. 물론 혼기가 한참 지났으니 나 역시도 은근히 걱정을 하고 있던 차였다. 벌써 결혼한 친구들은 아이들을 두어 명씩이나 두었으니 외숙부께서도 웬만하면 장가를 들라고 부추겼다.

그동안은 가진 것이 없어 망설였으나 이젠 집도 있으니 결혼을 해도 될 듯싶었다. 그러나 결혼이란 것이 어디 그렇게 쉬운 일인가. 나를 기다리는 규수가 있는 것도 아니고, 적당한 규수를 찾는 것도 쉬운 일이 아니었다.

요즘 같으면 오다가다 만나서 연애도 쉽게 하지만, 당시로서는 웬만한 규수 만나기가 하늘의 별 따기만큼이나 힘이 들었다. 어느 정도 사는 집안에선 미리부터 혼사를 정해 놓기 일쑤였고, 그렇지 않은 사람들도 중매쟁이가 다리를 놓아주지 않으면 쉽게 상대의 마음을 전하기가 어려웠다. 외모와 조건을 따져 고를 수 있는 지금하고는 판이하게 달랐던 것이다. 동네 사는 처자들조차 함부로 쳐다볼 수가 없었고, 간혹 마음에 드는 처자가 있다 한들 속앓이 정도로 그칠 수밖에 없는 상황이었다.

지금의 아내를 만나 결혼하게 된 경위는 다음과 같다.

아내는 안동 김 씨로 뼈대 있는 가문에서 태어났다. 문경군 농암면 농암리가 고향이니 의정부에서는 거리를 가늠할 수 없을 만큼 먼 곳이었다. 지금은 서울에서 자동차로 서너 시간밖에 걸리지 않지만, 그때는 꼬박 삼사 일을 걷거나 트럭를 타고 가야만 하였다.

중매를 나선 사람은 의정부 범골에서 살던 남양 홍 씨였다. 그 사람은 본래 아내의 고향인 농암에서 살다가 의정부로 이사를 왔는데, 외숙부와 성씨가 같은 탓에 친하게 지냈다. 두 사람이 친하다 보니 집안 얘기도 자연스럽게 하게 되었을 것이다.

외숙부께서 먼저 우리 생질이 있으니 참한 규수가 있으면 중매를 서라고 넌지시 말을 꺼내게 되었고, 평소 아내의 종조부와 친분이 있던 그 남양 홍 씨가 자네 종손녀에게 맞는 참한 신랑이 있으니 선을 보러 가자고 운을 떼셨던 것이다. 그래서 그 분과 아내의 종조부님이 의정부로 나를 보러 오게 되었다.

혼기에 찬 성실한 총각이라면 누구라도 피붙이와 연결해 주고 싶은 것이 나이 든 사람들의 맘일 것이다. 그러나 외숙부집은 가난하고 집도 오막살이라 맞선 장소로는 여의치가 않았다. 생각 끝에 근처에 사시는 외당숙 집으로 아내의 종조부를 모셨다. 그나마 외당숙은 형편이 좀 나은지라 음식과 잠자리가 부끄럽지 않았다.

나를 선보신 분들은 크게 나쁘지 않았던지 온 김에 혼인 날짜를 잡자고 하셨다. 먼 길을 다시 오려니 부담도 되었고, 신랑될 사람도 똑똑해 보인다고 흔쾌히 허락을 하셨던 것이다. 속속들이 집안 사정을 따지자면 어느 것 하나 내세울 것이 없었지만, 당사자 하나만으로는 성실할뿐더러 착하기도 했으니 문제가 되지 않았던 모양이다. 아내가 될 사람의 얼굴을 단 한 번도 구경하지 못한 채 결혼식을 올리게 될 처지였다.

당시는 그런 예들이 흔하니 별일도 아니었지만, 그래도 나름대로는 마음이 편하지 않았다. 요즘 젊은 사람들 같으면 펄쩍 뛸 노릇이지만, 어쩔 수 없는 노릇이었다. 그때도 연애라는 것을 해서 결혼하는 경우가 간혹 있었지만 지극히 소수의 경우였다.

예전엔 집안과 가문을 생각해서 어른들이 자식의 결혼을 결정하는 것이 우선이었고, 현재는 결혼할 당사자들의 합의만 있으면 결혼이 가능하다는 얘기다.

혼인 날짜를 잡았으니 혼례 준비를 하는 수밖에 없었다. 혼례는 아내의 고향이 경상도라 그쪽 풍습대로 진행되어야 한다는 게 어른들 말씀이었다. 따라서 나는 음력 10월 25일에 치러질 혼례를 대비해서 허름한 집을 고치고 친구들한테 혼인날 입을 옷을 빌리는 등 마음이 바빴다.

가세가 넉넉하면 이것저것 풍성하게 준비할텐데, 변변치 못한 살림이다 보니 마음만 우왕좌왕할 뿐 사실상 준비해 갈 수 있는 것은 별로 없었었다. 예단이라고 하기에는 더없이 부끄러운 물건들이었다. 그러나 어쩌랴! 이미 엎질러진 물이라 빈손으로라도 혼례식을 치를 수밖에 없었다.

색시집이 있는 문경까지 가는 데는 3일이 걸렸다. 집을 나설 때는 동네에서 제법 잘 사는 친구들의 옷을 빌려 입었던 탓에 그다지 남루해 보이지 않았는데, 무려 3일 동안 갈아입지도 못하고 그대로 신부집에 도착했으니 그야말로 거지꼴일 수밖에 없었다. 그곳 동네 사람들은 물론이고 신부의 친인척들이 저마다 쑥덕거리며 흉을 보는데 민망해서 혼쭐이 났던 기억이 있다.

더구나 채단이라고 내놓은 것이 인조견 몇 자였으니 눈에 찰 리가 없었다. 색시의 큰어머니는 그래도 안동 김 씨 양반으로 얌전하기 이를 데 없다는 평판을 듣고 있던 터였으니, 누가 봐도 믿지는 혼사인 것은 틀림없었다.

그러나 기우는 혼사라고 뒤 엎을 수도 없는 노릇이고, 초례청에 서기도 전에 나는 기가 빠져 다리가 후들거렸다. 어머님이 죽고 혼자 남은 아내는 큰 아버지 댁에서 6개월 동안 머물고 있었는데, 누가 봐도 품위있고 어여쁜 규수였다. 아내의 큰댁에서도 내가 가지고 간 채단이 맘이 들지 않았던 듯 아내의 어머님이 미리 준비해 놓은 치마저고리를 입고 혼례식을 치렀다.

그렇게 정신없이 혼례를 치루고, 원칙대로 하자면 신부 집에서 3일을 보내야 하는데 하룻만에 올라오게 되었다. 아내의 큰댁에서는 내가 못마땅했는지 아니면 불편해 하는 기색을 알고 배려하는 것인지 모르겠지만 하루 밤을 보내자마자 서둘러 올라가라는 뜻을 내비쳤다. 민망하기도 하고 가뜩이나 불편했던 나는 말이 떨어지자마자 아내를 데리고 의정부로 향하는 멀고 먼 귀향길에 올랐다.

아내의 큰댁인 농암리에서 트럭을 타고 점촌역에 도착하니 서울로 가는 기차가 하루에 한 번 밖에 없다는 것이었다. 초겨울 찬바람이 쌩쌩 들이치는 역 대합실에서 반나절을 기다린 끝에 기차를 탔는데, 기차 역시 유리창이 깨져서 찬바람이 그대로 몰아쳤다. 얼마나 추웠던지 어린 아내는 치마로 바람을 막고서 덜덜 떨었다. 초례청에서 딱 한 번 본 남자를 따라가서 살겠다고 그 추운 겨울에 기차를 탔으니 얼마나 한심하고 답답했을까.

그때는 나도 철이 없고 경황이 없었던 터라 그런 아내의 어려움을 제대로 챙기지 못했으나 지금생각하면 가여워서 눈물이 날 지경이다. 3일을 굶어가며 의정부까지 왔으니 오죽하였겠는가.

방긋방긋해야 할 아내는 배고픔과 고단함에 거의 죽을 지경이었다. 다행히 의정부역까지 범골에서 가마가 와서 기다리고 있었다. 가마를 타고 범골로 돌아와 보니 허술한 집 역시 냉골이기는 마찬가지였다. 아내는 탈진해서 금방이라도 쓰러질 듯 보였다. 나는 우선 아랫목에 이불을 펴고 아내를 눕힌 다음 아궁이에 불부터 지폈다. 말이 그렇지 경상도 문경서부터 의정부까지는 튼튼한 장정이라도 감당하기 힘들 만큼 먼 거리였다. 그 멀고 먼 길을 어린 새댁이 무려 3일을 걸려 왔으니 오죽 힘들었겠는가.

세월이 한참 흐른 뒤 아내한테 들으니, 딱 죽고 싶은 심정이었다고 말했다. 철없던 시절이었고, 어른들이 정한 혼사를 거부할 수도 없었으니 감내할 수밖에 없었다고 말하며 아내는 눈물을 훔쳤다.

세 딸을 출가시키면서 나는 당시 아내의 심정이 어떠했을지 이해할 수 있었다. 부모 밑에서 아무 걱정 없이 호의호식하다가 시집 가는 딸들도 하나같이 서운해서 눈물을 보였는데, 부모도 없이 결혼식을 올린 아내는 그때 얼마나 서러웠을까. 아무리 큰댁에서 잘해주었어도 제 부모만 하였을까.

자신이 그런 힘든 삶을 살았기 때문일까. 아내는 딸들을 출가시킬 때 누구보다 많은 애정을 보였다. 자식 앞에 부모마음은 모두 똑같겠지만, 아내는 유달리 자식에 대한 정이 깊고 남다른 것 같다.

가난한 신혼생활

살림은 가난하였지만 신혼생활은 당연히 좋았다.

동네사람들도 아내에 대한 칭찬이 자자하였다. 당시만 해도 동네의 크고 작은 대소사에는 빠지지 않고 동네 아낙들이 모여서 일을 치렀는데, 아내는 그때 마다 꼭 참석하여 음식 솜씨와 바느질 솜씨를 자랑하였다.

어디서 그토록 솜씨 좋은 색시를 구해왔느냐는 말들을 들을 적마다 나는 기쁨을 감출 수가 없었다. 마누라 자랑을 하면 팔불출이라는 소리도 있지만, 무엇하나 버릴 것 없는 아내가 있다는 것이 내게는 무엇보다 소중했다.

사랑스런 아내가 있다는 것은 남자한테 최고의 행복인 것이다. 그때까지 여자라고는 모르고 살던 내가 살림 솜씨와 미모를 갖춘 아내를 얻었으니 세상 부러울 것이 없었다. 친구들도 너 같은 놈이 어떻게 그리 이쁜 색시를 얻었느냐고 은근히 질투를 하였다. 그러나 사람의 인연이라는 것이 어찌 억지로 되는가. 아내가 나를 만난 것도 그렇고, 부족한 내가 넘치는 아내를 만난 것도 나는 하늘의 인연이라고 생각한다.

그런 아내가 아기를 가졌다는 소릴 들었을 때 나는 세상을 다 얻은 듯 기뻤다. 내게 자식이 생긴다니 도무지 믿어지지 않았던 것이다. 아버지가 된다는 것은 가장으로서의 책임이 더 무거워진다는 뜻도 되지만, 남자로 태어나서 제 구실을 한다는 뜻도 되는 것이다.

자식이 얼마만큼 큰 보배인지는 키우면서 알았지만, 내 분신이 태어난다는 환희는 아내의 임신을 통해서만 느낄 수 있는 것이다. 나는 아무리 힘든 일을 해도 힘이 들지 않았다. 점점 배가 불러오는 아내를 보면 힘이 솟는 것이 즐겁고 행복하기만 하였다.

그러나 아내는 나하고 달리 갈수록 힘이 들어보였다. 아기를 가졌다고 해서 집안 일이 줄어드는 것도 아니었고, 입덧이 심해서 맘껏 먹지도 못하였다. 지금처럼 사계절 과일을 모두 맛볼 수 있는 시절이 아니었다. 아내는 일에 지치고 영양이 부실해서 보기에도 안쓰러울 지경이었다.

불 보듯 뻔한 살림을 거들고자 아내는 기특하게도 일을 찾아 나섰다. 어린 새댁이라 들일과 밭일은 무리였고, 외숙모가 시키는 바느질을 하였다. 한 무더기의 버선과 양말을 가져다 밤을 새워 기워다 주면 된장과 고추장, 잡곡 등을 얻을 수 있었다.

불평 한마디 없이 형편에 맞추어 살림하는 걸 보면서 나는 어떻게 해서든지 돈을 벌어야 한다는 생각을 하였다. 언젠가는 꼭 어려웠던 시절을 얘기하며 웃을 날이 있을 거라고 다짐에 다짐을 거듭하였다.

남자는 결혼을 해야 철이 든다는 말이 틀리지 않았다. 총각 때는 무책임하게 했던 행동들도 아내가 생기면서부터는 매사 조심스러워서 함부로 할 수가 없었다.

특히 아내는 임신 중에 있었기 때문에 가난한 나는 미안한 것들이 한두 가지가 아니었다. 짐작조차 못하고 시집온 아내로서는 도무지 황당한 일이었을 것이다. 혼례식 때 입었던 옷들이 하나 둘 씩 사라지는 것도 그랬을 것이고, 초가삼간 오막살이집을 보고도 무척 놀랐을 것이다.

그러던 이듬해 나는 드디어 첫 딸을 얻었다. 집에서 떨어진 곳에서 일을 하고 있던 나는 아내가 딸을 출산했다는 소식을 듣고는 숨이 턱에 차도록 집으로 뛰어갔다. 아니나 다를까, 집안에서 어린애 울음소리가 들리는 것이었다. 그 소리가 너무도 신기해서 나는 한동안 우두커니 서 있었다.

여행지에서 아내와 함께

나중에 들으니 아내는 어머니가 이웃집으로 마실을 간 사이 혼자 부엌에서 쪼그리고 앉아 찬밥을 먹다가 진통을 시작했다고 했다. 부랴부랴 마당에서 노는 아이들에게 어머니를 부르게 하였고, 외삼촌댁에도 전갈을 넣었다는 것이다. 당시에는 지금처럼 산달을 정확하게 예측하기 어려웠다.

잠시 후 방안으로 들어서니 비릿한 냄새 속에 아내와 아기가 누워 있었다. 얼마나 힘이 들었던지 아내의 몸은 땀으로 범벅이 되어 있었다. 그리고 옆에는 나를 꼭 닮은 딸이 새근새근 잠들어 있는 것이 아닌가. 딸은 거친 사막에서 태어난 새 생명이나 마찬가지였다. 힘들고 험한 내 인생에 한 모금의 단비처럼 날 감동시켰던 것이다.

삼 일만에 잃은 첫 아이

남자들에게 있어 큰 자식에 대한 감동은 다른 자식에 비해 남다른 구석이 있는 법이다. 자식 모두 귀한 것은 마찬가지지만, 첫 자식에 대한 느낌은 확실히 특별한 느낌이 있다는 생각이다.

생명에 대한 축복은 남이 자식이든 내 자식이든 사람들 모두의 기쁨인 것이다. 내가 딸을 낳았다는 소식은 금세 동네에 퍼졌다. 예쁜 색시를 얻어 딸까지 낳았으니 세상 부러울 것이 없었다. 그러나 출산을 한 당사자는 다른 사람과 달리 심한 산후병에 시달렸다.

시어머니의 부실함으로 인하여 출산에 대한 아무런 대비책이 없었던 아내는 몸조리를 제대로 못해서 산후 후유증으로 고생을 하게 되었다. 미역국에 쌀밥은커녕 시래기 국에 조밥을 산모한테 먹였으니 탈이 날만도 하였다.

그래도 아내는 어린 자식에게 젖을 물리기 위해서 꾸역꾸역 시래기 국을 먹었다. 그 모습을 보고 있자니 가슴이 미어지는 것만 같았다. 남편을 잘 만났으면 거친 일을 하지 않아도 살았을 사람인데, 애를 낳고도 미역국 한 그릇 제대로 먹지 못한다고 생각하니 그렇게 나 스스로가 원망스러울 수 없었다.

여자는 첫아이 낳았던 기억을 평생 동안 가슴에 묻는다고 한다. 아내가 지금까지 그때 일을 잊지 못하고 있는 것도 아마 그랬기 때문일 것이다. 나는 그저 말은 못하고 미안한 마음에 산으로 들로 미친 듯이 일만 하러 다녔다.

세상을 탓해봐야 소용없었고, 가정을 버리고 떠난 아버지를 원망해도 소용없었다. 결국 누구 때문이 아니라 자신의 무능함 때문이라 생각하면 가슴이 더 아팠다.

임신 소식만 듣고도 집안 잔치를 여는가 하면, 아기 옷에 이불 침대까지 장만해 놓고 수선을 떠는 지금과는 비교도 할 수 없는 형편이었다. 그래서 나는 가끔 자식들에게 강짜를 부리기도 하였다. 그것이 세대를 극복하고 생활을 바꿀 수 있는 것도 아닌데, 지나간 세월에 대한 보상심리인 듯 심기가 흐려지는 것이다.

누가 시샘을 했는지 첫 딸을 낳은 기쁨은 그리 오래가지 않았다. 출산 후 삼 일 동안이나 젖이 나오지 않는 바람에 아내는 아기에게 젖

대신 밥물을 먹였는데, 그것이 잘못 되었던 것이다. 집안의 웃음이었던 아이가 삼 일만에 죽은 것이다. 하늘이 무너지는 것만 같았다. 대문에 달았던 금줄을 채 떼기도 전에 죽은 아이를 생각하니 나 자신이 너무도 한심스럽고 원망스러웠다.

식구들과 주변사람들은 나를 위로하느라 아이의 운명이 그 정도 밖에 안돼서 그렇다고 하였지만, 아무리 생각해봐도 모두 부모를 잘못 만나서 생긴 일이었다. 나와 어린 아내가 조금만 현명했더라면 아이가 그렇게 죽지는 않았을 것이다. 세상에 나온 지 삼 일만에 차갑게 변해버린 아이를 끌어안고 나는 한참을 울었다. 부실한 부모를 용서하라고 부디 하늘나라에 가서 따뜻하게 잘 살라는 말 밖에는 할 수가 없었다.

산후 후유증과 아이를 잃은 슬픔으로 아내는 한동안 자리에서 일어나지 못하였다. 흰 쌀밥에 소고기 국을 먹여도 시원찮은 일인데, 기껏 먹는다는 것이 시래기 국인데다 아이까지 잃었으니 그 고통이 오죽하였겠는가. 나도 아내도 한동안 할 말을 잊고 지냈다.

왠지 세상이 야속하기만 하고 내 자신이 미워서 견딜 수가 없었다. 그러나 몸을 회복한 아내는 오히려 다시 일을 해야 한다며 내게 용기를 주었다.

다시 태어나는 아이한테는 절대로 그런 고통을 주지 말아야 한다고, 열심히 일해서 돈을 벌자고 아내가 말했다.

아내의 말이 맞았다. 살기 위해서는 어쩔 수 없는 노릇이었다. 아이는 다시 태어날 것이고, 실수는 한 번으로 족했다.

우리는 밤낮을 가리지 않고 닥치는 대로 일을 하였다. 착하고 유순하기만 했던 아내도 제법 거친 일을 잘 해냈다. 나는 그런 아내를 보면서 다시 희망을 갖게 되었다.

6 · 25 전쟁

　1950년 6월 25일 새벽에 또 다시 전쟁이 터졌다. 해방이 되었다고 좋아한지 불과 5년도 채 안됐는데 말이다. 처음에 우리는 동두천 쪽에서 들려오는 총소리가 전쟁의 시작이라는 사실을 눈치 채지 못하였다. 그러나 전쟁이 터졌다는 소식이 퍼지면서 의정부는 순식간에 아수라장으로 변하였다.

　삼팔선과의 거리가 가까운 관계로 사단본부가 있었으니 전쟁의 표적이 될 수밖에 없었다. 북한군은 빠른 속도로 남침을 해오기 시작했다. 밤과 낮 할 것 없이 대포소리와 총소리가 한시도 멈추지 않았다.

　동네사람들도 하나 둘 씩 피난 보따리를 싸기 시작했다. 그러나 둘째 아이를 가져 배가 불룩하던 아내는 비행기 폭격이 심하던 8월에 아이를 낳았다. 아이를 데리고 피난을 가는 것은 무리였다. 나는 하는

수 없이 피난가지 않은 동네사람들과 임시방편으로 뒷산에 있는 박쥐
굴로 아내와 아이를 데리고 숨어들었다.

그곳에다 아내를 대피시켜 놓고 밤이 되면 집으로 내려가서 밥을
지어 날랐다. 너나없이 제대로 먹고 자고 씻을 형편이 아닌지라, 피난
동굴의 환경은 열악하기 그지없었다. 그렇게 일 주일정도 지내다 보
니 아내의 몸이 붓고 형편이 말이 아니었다. 외숙모께서는 이곳에 계
속 있다가는 애엄마 죽이겠다고 걱정하시더니 자신의 며느리와 아내
를 데리고 가래비에 있는 친척집으로 가라는 것이었다.

나는 이불과 양식, 애기 기저귀를 들었고 아내는 아이를 안고 피난
길에 올랐다. 가래비까지는 이십 리길이었다. 그곳도 그리 안전한 곳
은 아니었지만, 의정부보다는 덜 위험하다는 판단이었다. 해산한 지
얼마 안 된 아내는 그야말로 죽을 맛이었다. 온 몸이 퉁퉁 부어올라서
전혀 다른 사람 같았다. 산후조리를 전혀 하지 못했으니 산후풍이 심
할 수밖에 없었다.

포탄에 맞아 죽어 나자빠지는 사람들이 있는가 하면, 먹지 못하여
굶어 죽는 사람들도 파다하였다. 양주 역시 피난민들로 넘쳐나서 인
심 또한 그리 좋은 편이 아니었다. 하루하루 사는 것이 그야말로 지옥
이었다.

전세가 남한 쪽으로 기울고 있다는 소릴 듣고 다시 의정부로 돌아

6 · 25전쟁

와 보니 집이 폭격을 맞아 온데간데 없었다. 동네가 거의 쑥대밭이 되었고, 우리 집도 폭격에 몽땅 타버린 상태였다. 당장 먹고 잘 곳이 필요했다. 마침 한 친구가 자기네 건넌방을 내주면서 임시로 기거하라는 것이었다.

그러나 그것도 잠시, 북한이 엄청난 수의 중공군을 이끌고 쳐들어오고 있다는 소식이 들려왔다. 정부에선 국민들에게 한시라도 빨리 아래지방으로 피난을 가라고 말했다. 아니, 쉬쉬하는 동안 국민들이 먼저 눈치를 채고서 피난길에 올랐다.

나는 또 다시 아내와 아이를 데리고 피난길에 올랐다. 어머니와 외숙부 등과 함께 기찻길과 논길로 걸어갔다. 당시 기차에 오르지 못한 사람들은 대개 달구지를 타고 가거나 걸어서 가는 수밖에 없었는데, 그 수가 그야말로 인산인해를 이루는 형국이었다. 기차에 오르지 못해서 울부짖는 사람들과 가족의 손을 놓쳐서 울부짖는 사람들로 어딜 가나 만원을 이루었다.

피난 도중 외양간이나 부엌은 구경할 수조차 없었다. 남의 집 추녀 끝에 지푸라기를 깔고 간신히 자야 하는 형편이었다. 무엇보다 힘들고 고통스러웠던 것은 아기와 산모의 힘들어 하는 모습이었다. 밤으로 낮으로 퍼붓는 포탄과 총격 때문에 기회를 틈타서 걸음을 재촉해야만 했다. 대로나 신작로는 감히 엄두도 내지 못하였고, 주로 논길이나 산길을 이용하였다.

우리 일행은 안양에서 기차를 타려고 생각하고 있었다. 그러나 이미 꽉 찬 기차에는 개미 한 마리 들어설 자리조차 없었다. 어쩔 수 없이 계속 걸어서 남하하고 있었다. 피난길에 듣자니 우리가 타려고 했던 기차가 통째로 폭격을 맞아 타고 있던 사람들 대다수가 죽었다는 소식이 전해졌다. 다른 사람의 불행도 안타까웠지만 우선은 우리 식구들이 무사해서 천만다행으로 여겨졌다.

당시는 죽음이 흔해터진 상황이라 더 이상 누가 죽었다는 소리에 크게 놀라는 사람도 없었다. 갓 출산한 아내와 나의 피난길은 그야말로 고통의 나날이었다.

차고 넘치는 피난민들 때문에 아내를 쉬게 할 외양간조차 빌리는 것이 쉽지 않았다. 그 와중에 우리는 안타깝게도 두 번째 아이를 잃을 수밖에 없었다. 눈 오는 날 남의 집 추녀 밑에서 잠을 자다가 갓난아이가 추위를 견디지 못하고 그만 얼어 죽고 만 것이었다.

아이를 생각해서 바닥에 짚도 깔고 이불을 덮었지만 너무 춥기만 했다. 마침 눈까지 내려 우리를 더욱 운신하기 힘들게 했다.

가슴이 찢어지는 듯한 고통 속에 우리 부부는 서로 끌어안고 울었다. 첫 아이를 잃었던 고통을 생각해서라도 둘째 아이만큼은 좋은 환경을 만들어주려고 했는데, 사실상 더 힘든 상황에서 아이를 잃고 만 것이다. 세상을 원망하기에는 현실이 너무 절박했고, 누구의 도움을 생각할 처지도 아니었다. 전쟁이라는 대 혼란 앞에서 결국 우리는 무력하게 둘째 아이까지 잃어버리는 슬픔을 되풀이하고 말았다.

불은 젖을 고통스러워하며 아내는 목 놓아 울었다. 두 번씩이나 자식을 잃은 어미의 고통을 그 누가 이해할 수 있겠는가. 너무 힘들어 차라리 죽고만 싶었다. 구차한 삶보다 죽음이 더 편하게 느껴졌던 것

피난열차

이다.

　우리는 지금도 가끔씩 그때를 떠 올리며 눈시울을 적시곤 한다. 그 당시 겪었던 고통 때문에 아내는 지금까지도 몸이 좋지 않다. 하긴 지금까지 버틴 것만 해도 기적이라고 할 수 있다. 아니 어쩌면 그 모진 시련들이 아내를 더 강하고 현명하게 살아 갈 수 있도록 만들었다는 생각도 든다.

　전쟁이 소강상태를 보일 쯤 우리는 다시 진군하는 국군 선발대를 뒤따라서 의정부로 돌아왔다. 돌아오면서 보니 논바닥에 중공군 시체들이 널려 있었다. 국군한테 밀려 퇴각하던 중 죽은 사람들이었다. 사람 목숨이 파리 목숨보다 더 못한 광경이었다.

폐허로 변한 고향땅에서 우리는 처음부터 다시 시작하는 마음으로 일을 하였다. 아내는 미군부대에서 빨랫감을 가져다가 세탁을 하였는데, 그런대로 현찰을 만질 수 있어서 생활에 보탬이 되었다. 그렇게 모은 돈으로 쌀 다섯 가마를 사서는 쌀장사를 시작했다. 장사는 그쪽에 소질이 있었는지 아니면 나의 타고난 성실함 때문인지 갈수록 흑자를 낼 수가 있었다. 나는 주로 시골 5일장을 따라다니면서 장사를 해 가족과 떨어져 지내는 시간이 많았다. 그러나 그 덕분에 목돈을 만질 수가 있었고, 이후 열 마지기나 되는 논도 살 수가 있었다.

지금 내가 이정도 나마 살게 된 것의 토대가 어찌 보면 그때 쌀장사가 아니었다 싶다.

이후 6·25전쟁은 휴전이라는 민족의 분단의 단초를 만들어 놓고서야 끝을 맺었다. 지금은 끈질긴 남북협상으로 이산가족들의 왕래가 원활해졌지만, 아직까지 만나지 못한 혈육들도 많은 것으로 알고 있다. 잠시 잠깐 서울을 다녀오겠노라고 집을 나갔던 가족들의 소식이 휴전 이후 뚝 끊어지고 생이별로 이어졌던 것이다.

의정부만 하더라도 그렇게 가족과 헤어져 사는 사람들이 부지기수였다. 전쟁이 일어나기 전에는 의정부가 다른 어떤 지역보다 북쪽과의 거리가 가깝기 때문에 기차나 배를 통한 교류가 빈번하였던 것이다. 높은 산에만 올라가도 북쪽마을이 보일 정도로 가까운 곳이었으니, 몇십 년을 떨어져 사는 가족들의 마음이 오죽했겠는가.

나는 다행히도 헤어진 가족이 없다. 그러나 얼마 전 금강산에 갈 기회가 있었다. 맛 좋기로 이름 난 평양냉면도 한 그릇 먹고 말로만 듣던 절경을 접하고 보니 감개가 무량했다.

새롭게 시작한 쌀 배급소

해방이 되고 6·25전쟁이 끝났어도 사람들의 살림살이는 쉽게 좋아지지 않았다. 독립을 하면 금방 세상이 좋아 질 거라는 기대와 달리 정치뿐만 아니라 경제상황도 몹시 혼란스러웠다. 제자리를 잡기까지는 많은 시간이 필요했던 것이다.

우리 동네도 마찬가지였다. 징용으로 끌려 나갔던 사람들이 전쟁이 끝나면서 돌아오긴 하였지만 그로 인한 후유증도 만만치 않았다. 빼앗겼던 농토를 찾았어도 다시 농사를 짓기까지의 행정절차가 복잡하였고, 지주와 소작인과의 불협화음도 적지 않았다. 수십 년 동안 진행해왔던 문제들을 단번에 풀 수 없는 까닭이었다.

작게는 우리 동네만 하더라도 지주로 있던 일본인 농부가 전쟁이 패하면서 본국으로 돌아가자 많은 문제가 발생하였다.

그의 농사를 소작하던 사람과 이전의 땅주인 간에 시비가 생긴 것이다. 그것은 마치 알이 먼저인지 닭이 먼저인지 가려야 하는 문제와 같았다. 옳고 그름이 판단나기까지 농사꾼들은 하늘만 쳐다보고 답답해할 수밖에 없었다. 땅이 있어도 배를 곯아야 하는 처지다 보니 정부에서는 당연히 배급소를 설치하여 국민들을 달랠 수밖에 없었다.

따라서 의정부에도 쌀 배급소가 4군데나 생겼다. 대개는 경방단이나 청년단 같은 단체에 배급소를 배정하였는데, 운이 좋게도 나까지 배급소 운영의 차례가 오게 된 것이다. 배급소의 운영은 정부에서 일정한 값에 쌀을 받아다가 소매로 되파는 식이었다.

장사 수완이 남달랐는지는 모르지만, 나는 그런대로 배급소 운영에 자신감을 얻었다. 다른 배급소보다 크게 활성화 되는 바람에 저녁이면 삼베자루에 돈이 가득 찰 정도였다. 이제야 운이 핀다는 생각에 나는 피곤한 줄도 모르고 일에 매달렸다.

주위사람들이 편법을 쓰는 것은 아니냐고 의심의 눈초리를 보냈지만, 나는 한 점 부끄러움 없이 성실하게 배급소를 운영하였다. 사촌이 땅을 사면 배가 아프다고, 어렵게 사는 사람들이 많으니 시샘을 받을 만도 했다. 그러나 나는 조금도 개의치 않았다. 그저 내게 주어진 생활이니 열심히만 하면 되겠지 하는 생각으로 누가 뭐라든지 신경 쓰지 않았다.

쌀 배급소를 한지 일 년이 지나자 돈이 모아졌다. 당시 돈으로 이천 원이 넘었으니 꽤 큰 돈이었다. 땅이 있으니 이제 집을 사고 싶었다. 온전한 가정을 이루려는 꿈이 비로소 실현되는 순간이었다. 집을 사겠다는 얘기를 들은 어머니는 덩실덩실 춤을 추었다.

평생 더부살이와 움막 같은 집에서만 살다가 제대로 된 집을 가질 수 있다니 얼마나 좋았겠는가. 어머니는 밤새 잠을 이루지 못하는 눈치였다. 세상에 달랑 하나밖에 없는 아들만 믿고 살아온 처지였으니, 그 설움과 외로움이 얼마나 컸을까.

아버지에 대한 그리움은 일찍이 버린 탓에 원망도 없었지만, 그래도 어머니는 나와 달랐을 것이다. 혼인을 하고 자식까지 낳았는데 어찌 그리 쉽게 잊을 수가 있겠는가. 나는 가끔 어머니가 먼 산을 바라보며 한참씩 시름에 잠겨있는 모습을 많이 보았다. 말로 표현은 하지 않았지만, 그 표정이 무엇을 뜻하는지 읽을 수가 있었던 것이다.

그런 어머니의 모습을 한시라도 빨리 변하게 하려면 내가 번듯한 가정을 이루는 것이었다. 자식을 낳아 안겨드리고 끼니 걱정만 없으면, 여느 보통의 노인들처럼 평범하게 늙어갈 것이었다.

마침 내가 살고 있는 집에서 멀지 않은 곳에 집이 한 채 났다는 전갈이 왔다. 나와 어머니는 볼 것도 없이 그 집을 사겠노라고 중개를 넣었다. 한 동네 사람이 살던 집이라 요모조모 살필 것도 없었다. 기둥에서 송진 냄새가 가시지 않았을 정도로 얼마 되지 않은 튼튼한 집이었다.

굴뚝도 미끈하게 뒷산 쪽으로 뽑아져 있었고, 아궁이도 불을 잘 빨아들이도록 크게 만들어져 있었다. 아궁이가 셋이고, 방도 세 칸이라 아들딸 합쳐서 서너 명을 낳아도 좁지 않을 큰 집이었다.

어머니와 나는 대문에서 헛간, 안방과 건넌방 등을 돌아다니며 새 보금자리에 대한 꿈으로 가슴이 부풀었다. 거기다 마당 뒤꼍에는 작년에 해 놓은 나무들이 그냥 있었다. 서울로 이사를 간다고 나무는 그냥 놓고 간다는 것이었다.

땔감이 턱없이 부족한 당시로서는 대단한 인심이 아닐 수 없었다. 뿐만 아니라, 뒤란 장독대 위에는 커서 가지고 가지 못한 빈 항아리에 약간의 된장까지 들어있어 한 계절은 충분히 먹을 수 있을 것 같았다. 얼마나 고마운지 지금까지 내가 죄는 짓고 살지 않았구나 하는 생각이 들었다.

집문서를 손에 넣은 나는 이튿날부터 소소한 집수리를 시작했다. 크게 손 볼 것은 없었지만, 그래도 잔손이 필요했다. 장날 어머니와 나가서 숟가락과 밥그릇 등 약간의 살림살이도 장만하였고, 농사에 필요한 농기구도 사들였다.

집을 사고 남은 돈으로 처음으로 어머니께 옷도 한 벌 사드렸고, 아내를 위해서 옷감도 마련하였다. 처음으로 동네사람들을 초청해서 음식까지 대접하니 출세를 하였다고 칭찬이 자자하였다.

지금과 비교하면 출세 축에도 들지 못하지만, 당시 내 형편을 지켜본 사람들이라면 출세라는 말을 쓰고 남을 정도로 나는 많은 변화를 하였다.

나의 천직 농사

우리 부부는 농사가 천직이려니 생각하고 열심히 일하였다.

땅은 거짓말을 하지 않으니 부지런하기만 하면 전처럼 굶지 않을 수 있었다. 사회도 많이 안정을 되찾았고, 정부에서도 어려운 국민들을 위한 대비책 마련에 고심을 하는 중이었다. 농민들이야 가뭄만 들지 않으면 농사를 지을 수 있으니 나라 일에는 크게 관심을 보이지 않지만, 전쟁 직후라서 도시의 지식인들이 아직까지 술렁인다는 소식은 풍문으로라도 들을 수 있었다.

나는 아이가 커 가는 모습을 지켜보면서 하루하루 사는 것이 최고의 행복이었다. 작지만 내 땅에서 농사를 지을 수 있으니 마음이 편했고 부족하면 동네일을 다니면서 품삯을 벌기도 하였다.

그러한 성실함 때문에 하늘이 도왔는지, 누군가 내게 쌀장사를 권

했다. 농사를 짓는 일이라면 몰라도 장사는 선뜻 대답이 나오지 않았다. 헌데, 아내가 한번 해보자고 설득을 하는 것이었다.

아내는 나보다 일에 대한 판단력이 정확한 사람이라 믿고 따를 수 있었다. 우리는 부랴부랴 정부에 장사를 하겠다는 신청서를 내고 집 근처에 창고 같은 점포를 하나 얻었다. 내 인생의 첫 번째 전환점인 셈이었다. 우스갯소린지는 모르겠지만 살면서 돈을 벌 수 있는 세 번의 기회가 있다고 한다. 아내의 선견지명 탓이지만, 내게 그 첫 번째 기회가 쌀장사였다.

뜻밖에도 쌀장사는 이문이 남는 장사였다. 소매로 장사를 하니 많은 이익이 남았다. 그때 나는 처음으로 세상을 살아가는 또 하나의 방법을 터득하게 되었다. 장사는 아무나 하는 것이 아니라는 생각에 꿈도 꾸지 않았는데 막상 해보니 남 다른 소질이 있다는 생각도 드는 것이었다.

특히 장사는 농사와 달리 현찰을 만질 수 있다는 것이 큰 장점이 있었다. 그날그날 장사한 돈이 모아지니 그 재미가 쏠쏠하였다. 아내는 돈 모으는 재미에 힘든 줄도 모르고 일을 하였는데, 덕분에 어린것만 어미 등에서 고생을 해야만 하였다.

제법 돈이 모아지자 나는 논을 사야 한다는 결심이 섰다. 장사가 매력 있다는 사실은 알지만, 농사보다 중요하다는 생각을 한 것은 아니었다. 내가 돌아갈 곳은 결국 땅이었고, 땅만큼 믿음이 가는 것은 없을 듯싶었다.

당시의 의정부 땅값은 한 평에 60원 정도로 서울보다 훨씬 싼 값에 매매 되었다. 나는 쌀장사해서 남은 이득으로 논 열 마지기를 새로 장만하였다. 실로 엄청난 발전인 셈이었다. 날품팔이로 살던 내가 현찰을 주고 논 열 마지기를 샀다는 것은 동네가 생긴 이후 처음 있는 일이라고 소문이 자자하였다. 외숙부도 이제는 "네가 드디어 성공을 하였다."고 지난 고생을 회상하며 뿌듯해 하셨다.

나는 한동안 농사와 쌀장사를 병행하였다. 어느 것 하나 소홀함이 없을 정도로 아내와 나는 주어진 일에 최선을 다하였다. 이에 하느님도 감동을 받았는지 농사도 풍년이 들었고, 쌀장사도 아무런 문제없이 수월하게 잘 되었다.

그렇게 몇 년을 벌어 논을 사고 밭을 사서 열심히 살다보니 오늘 같은 날을 맞이하게 된 것이다. 자고로 돈을 쫓는 사람은 망한다는 말이 있다.

이 뜻은 돈에 대한 집착보다 일에 대한 성실한 노력이 성공에 이르게 한다는 뜻이며 자신의 위치에서 열심히 일하다 보면 돈은 자연스럽게 따라온다는 진리일 것이다.

사람들은 더러 운이 좋아서 돈을 벌었다고 하기도 한다. 아주 틀린

소리는 아니지만, 살아온 내 경험으로 보아 인생이란 것이 꼭 운만으로 팔자가 달라지는 것은 아니다.

노력도 없이 어찌 하늘의 운만 믿을 수 있겠는가. 운이란 노력 뒤에 온다는 생각이다. 지금까지 나는 한 번도 운을 믿고 게으름을 피운다거나 허세를 부려본 적이 없다. 배운 게 없으니 남보다 더 겸손하고 부지런해야 살 수 있다는 것을 일찍 터득했고, 결심한 일에 대해서는 손해를 보더라도 포기하지 않았다.

세상만사 마음먹기 달렸다고 한다. 긍정적인 생각으로 노력하다 보면 운도 따르고 좋은 인연도 만들어진다고 나는 생각한다.

그 당시 사들인 땅은 조금씩 값이 오르기 시작하여 지금은 몇백만 원을 넘나드는 소위 금싸라기 땅으로 변했다. 과거에는 전혀 생각지 못했던 값이었다. 나는 그 땅을 투기목적으로 산 것이 아니라, 농사를 짓기 위해서 산 것이다. 한 평에 60원 주고 산 땅이 시간이 흐르면서 오백 원으로 오르더니 얼마 후에는 이천 원, 또 몇 년이 지난 다음에는 몇만 원, 몇십만 원으로 올랐다.

그러나 나는 그 땅을 팔아서 돈을 챙길 생각이 없었다.

사람들은 그 땅만 팔면 편하게 먹고 살 수 있는데 뭐 하러 가지고 있느냐고 비웃었지만, 땅은 내게 삶의 터전이지 편하게 살 수 있는 방편이 될 수 없었다.

주위 사람들의 권유에도 나는 끝까지 땅을 팔지 않았다. 자식들의 교육비와 결혼자금이 필요할 때도 땅만큼은 팔지 않았다. 때문에 자식들한테 숱하게 서운한 소릴 듣기도 하였다. 그러다 정부에서 추진하는 대대적인 도시개발이 시작되었다.

평생을 지켜온 땅이지만 나도 어쩔 수 없이 땅을 내놓을 수밖에 없었다. 그토록 고집스럽게 지켜온 내 땅 위에 도시가 들어선다니 황당하기도 하였지만, 정부에서 하는 일을 내가 무슨 힘으로 거부할 수 있었겠는가. 땅값을 섭섭하지 않을 만큼 받기는 했지만, 서운한 마음을 감출 수가 없었다.

사실 땅값 보상으로 나는 부자 소릴 듣게 되었다. 자식들에게도 부모 노릇을 제대로 했으니 큰 소리 칠만도 했다. 그러나 농사를 짓다가 들에서 막걸리 한 사발을 들이킬 때만큼 행복하지 않았다. 할 일이 없어지니 밥맛도 없었다. 거기다 농사와 잡일로 굳어졌던 몸이 편해지면서 아프기 시작한 것이다. 물론 무리하게 몸을 혹사시킨 결과가 나타난 것이기도 하겠지만, 몸이 바뀐 환경에 적응하지 못한다는 생각이 더 컸다.

평생 일하던 사람이 몸이 편해지면 아프다는 말이 틀리지 않을 것이다. 도시개발이 이루어져 더 이상 할 일이 없어지자 매사 의욕이 사라졌다. 아내 역시 나와 비슷한 증상을 호소하며 고생했던 시절 얘기를 자꾸 꺼냈다. 하지만 제 아무리 그리운 시절이라 해도 과거를 돌이킬 수는 없다. 삶이란 앞으로 나아가 죽음이라는 끝에 도달하는 것이지, 그 누구라도 되돌아 갈 수는 없는 노릇이다. 한편으론 서글프기도 하고 노년에 이보다 더한 운이 어디 있을까 싶기도 하다.

땅 부자로 노년의 팔자가 확 폈다는 말이 나쁘지는 않지만, 잃어버린 건강에 대한 보상은 무엇으로도 받을 수 없다는 생각에 꼭 달갑지만은 않은 것이다.

제3공화국 박정희시대

지난 과거사에 대한 논란은 어느 시대이건, 누구를 막론하고 분분하기 마련이다.

역사란 것이 보고 겪는 사람에 따라서 평가되기 때문에 누가 잘하고 누가 잘못한다는 절대적인 평가를 내리기는 힘들다고 생각한다.

나 같은 사람은 정치의 속내를 정확히 모르니, 그저 국민들 힘들게 하지 않는 대통령이 훌륭한 지도자라고 생각할 수밖에 없다.

내 평생 바뀐 지도자만도 여러 명이다. 그중에서 내게 가장 많은 영향을 미친 사람이 박정희 대통령이다. 나의 개인적인 역사로 볼 때 그는 내게 농민으로서의 자부심을 느끼게 해준 고마운 대통령이다.

박정희는 1963년 대통령선거에서 야당의 단일후보인 윤보선을 근소한 표차로 제치고 당선되어 제3공화국의 통치권자가 되었다.

박정희 대통령

나는 그가 대통령에 취임하여 했던 취임사를 지금도 잊지 못한다.

"정치적 자주와 경제적 자립, 사회적 융화, 안정을 목표로 대혁신운동을 추진함에 있어서 우리는 먼저 개개인의 정신적 혁명을 전개해야 한다."고 강조하였다.

따라서 박정희가 가장 역점을 두고 추진한 작업은 경제발전과 한일 국교정상화였다. 박정희는 이미 군정기간인 1962년 제1차 경제개발 5개년계획을 수립 추진하였으며, 사회·경제적인 악순환을 지양하고 자립경제를 위한 기반을 구축하고자 목표를 세웠던 것이다. 이는 전쟁을 겪은 후진국의 발전을 모색하기 위한 방책이었다.

따라서 박정희는 집권하자마자 대일협상에 강한 의욕을 보이는 바람에 친일외교를 한다는 비난을 받기도 하였다.

그러나 그런 비난에도 불구하고 박정희의 한일정상 회담에 따른 결과는 나쁘지 않았던 것으로 기억한다. 일본으로부터 보상금과 차관을 도입하여 우리나라 경제를 빠르게 일으키기 시작했다.

한편에서는 박정희의 유신헌법이 영구집권을 위한 독재체재라는 강한 비판을 하여 탄압을 가하기도 하였지만, 박정희는 굽히지 않았던 것으로 기억한다. 당시 농사꾼이었던 내가 정치 및 경제문제를 놓고 시시비비를 한다는 것은 오지랖이라는 생각이 들지만 한 농민의 입장에서 생각해 볼 때, 그는 농민들을 잘 살게 한 것만은 틀림없다는 생각이다.

상대를 제대로 알지 못하는 입장에서 평가를 한다는 것은 지극히 조심스러운 일이다. 특히 한 나라의 대통령 위치에 있는 사람을 어떻게 한 소시민이 재단할 수 있겠는가. 다만, 세상사람 모두 각기 다른 인품을 갖고 있고 생각이나 하는 일이 다르니, 보는 각도에 따라서 다양한 견해가 가능하리라고 생각한다.

당시 농촌의 현실은 대단히 열악한 실정이었다. 오직 하늘만 믿고 농사를 짓는 후진국형 농사를 짓다보니 수확량도 노력에 비해 적었고, 보관 및 유통에도 많은 문제점을 안고 있었다. 그러다보니 새벽부터 저녁 늦도록 일을 해도 늘 배고픔에 시달리는 농민들이 많아 실제로 농촌을 떠나 도시로 가는 사람들이 늘어났다.

한동안 가물어서 농사를 지어도 흉년 때문에 농민들은 가난하게 살 수밖에 없었다. 때맞춰 박정희 대통령께서 하늘만 쳐다보지 말고, 관정을 파서 농사를 지으라고 했다. 농사의 관건은 사실 물이었다. 물 없이 어떻게 농사를 짓겠는가. 모를 심어놓고도 가뭄이 들어서 까맣게 타죽는 것을 넋 놓고 바라만 보아야 하는 농민들의 심정이야 말로 자식을 죽이는 일처럼 가슴이 아팠다.

그때 박정희대통령의 단비와 같은 농업정책이 우리네 농민들을 살렸다. 하늘만 쳐다보지 말고 물을 찾아서 농사를 지으라는 것이었다. 지금은 땅 속 깊이 있는 물도 펌프로 얼마든지 끌어올려 쓰지만, 당시는 그런 상황이 되지 못하였다. 저수지 물이나 강물을 두레로 퍼 올리거나 물레방아의 힘을 빌려 끌어와야만 했다.

그것도 비가 오지 않아서 물이 마르면 아무 소용이 없으므로 역시 비를 기다리는 수밖에 없었다. 땅 속에 고여 있는 물이 있다는 것을 알지만, 물을 끌어올릴 수 있는 기계가 없었던 것이다. 이런 농촌의 사정을 누구보다 간파하고 있던 박정희 대통령이 직접적인 관심을 보이면서 농민들은 희망을 갖게 되었다. 관정을 파서 농사를 지으니 물 걱정을 안 하고 해마다 풍년이 들어서 농촌의 사정이 이전과 달라졌던 것이다.

또한 그는 농촌을 살리기 위해서 8년 이상 땅을 보유하고 있으면 양도세를 면제해준다는 특혜도 주었다. 처음부터 땅과 함께 살아온 인생이니, 그런 특혜에 대한 보상 차원으로 땅을 지킨 것은 아니지만,

5·16혁명 당시의 박정희 장군

덕분에 나는 많은 땅을 오랫동안 팔지 않고 가지고 있었다. 이후 도시 개발이라는 변화의 물결로 인해서 땅을 지킨 보람을 톡톡히 받았지만, 내 땅이 도시로 변한 것에는 서운함을 감출 수가 없다.

그러나 관정으로 인해서 농사짓기가 한결 수월해졌지만, 농촌의 주거환경이 비위생적이라 세균으로 인한 바이러스 감염과 풍토병 같은 원인모를 질병들을 앓는 사람들이 많았다. 집 안의 구조만 보더라도 부엌 옆에 외양간이 있는 집들이 부지기수였고, 닭장이나 심지어 돼지우리가 있는 집들도 많았다. 가축의 오물이 식수를 오염시키고 모기나 파리 같은 곤충들이 들끓으니 사실상 이차적인 감염률이 높은 편이었다. 따라서 아이들이나 노약자들은 실제로 피부병을 달고 사는 예가 흔하였다.

요즘에는 문밖만 나서면 대형약국과 병원들이 줄지어 서 있지만, 당시에는 큰 도시나 가야 병원이 있었고, 읍에는 보건소 정도밖에 없었다. 게다가 농촌사람들은 병원이나 약국을 찾기보다 민간요법으로 다스린 후 뒤늦게 어쩌지 못하는 상태에서 병원을 찾는 바람에 심각한 지경에 이르는 경우가 많았다.

이런 농촌의 현실을 누구보다 잘 파악했던 박정희 대통령은 그야말로 잘 사는 농촌을 만들기 위해서 새마을운동이라는 혁신을 일으켰다. 동네마다 새마을운동 구호가 나붙었고, 확성기를 통해서 잘 살아보자는 노랫말이 흘러 나왔다. 그 당시 새마을운동 노래는 애국가 이상으로 모르는 사람이 없을 정도로 알려졌다.

의정부 역시 새마을운동이 파도처럼 밀려왔는데, 가장 먼저 혁신한 것이 전기불이 들어왔다는 것이다. 그때까지만 해도 농촌지역의 70%가 전기가 들어오지 않은 상태였고 고작 산에서 땔감을 얻는 실정이었다.

전기가 들어오자 세상이 달라진 듯 했다. 등잔불 하나에 의지해서 살다가 전깃불을 켜니 밤에도 대낮같이 환해서 잠이 오지 않는 것이었다. 행여 불이 꺼질세라 숨조차 크게 쉬지 못하고 살았는데, 천장에 백열등 하나를 매달아 놓으니 세상이 바뀐 듯 보였다.

돈이 있는 집에서는 전기가 들어오자마자 텔레비전을 장만하는가 하면 전기다리미를 사들였다. 먼 나라 얘기로만 듣던 텔레비전은 아무리 생각해도 신기한 물건이었다. 그 작은 상자 안에 어떻게 수많은 사람들이 들어가 있는 것인지, 귀신이 곡할 노릇이었다.

요즘은 비행기도 마음만 먹으면 어렵지 않게 타는 세상이니 까짓 텔레비전에 대한 환상이 뭐 그리 대단하냐고 하겠지만, 당시에 나는 텔레비전만큼 신기하고 귀한 물건을 본적이 없었다. 하루 일이 끝나면 이웃집으로 달려가곤 했는데, 덕분에 텔레비전이 있는 집에선 저녁마다 귀찮은 손님들을 맞을 수밖에 없었다.

또 한가지 농촌의 모습이 두드러지게 달라진 것은 주택개량이었다. 정부에서는 보조금을 주어 부실하고 비위생적인 주택을 고치도록 하였는데, 그 중에서 지붕과 부엌, 화장실을 가장 많이 뜯어 고치도록 하였다. 나도 보조금을 받아서 초가를 걷어내고 슬레이트 지붕으로 바꿨다. 가난하고 초라했던 농촌의 모습이 점점 깔끔하게 단장된 위생적인 마을로 변하자 모두들 환영하는 눈치였다.

앞에서도 말했지만, 나는 박정희 대통령을 찬양하지도 않고 그의 정부를 높이 평가하지도 않는다. 다만 그가 당시 우리 농촌을 위해서 노력한 사실만큼은 대단히 고맙게 생각한다.

나는 75살 까지 농사를 직접 지었다. 그 동안 많은 어려움과 기쁨이 있었지만 박정희 대통령의 농민우대정책은 내게 큰 힘이었고 정말

고마운 일이었다.

농지를 개량해서 수확량을 높이고, 주택을 개량하여 국민의 건강을 생각했으니 이보다 더 고마운 일이 어디 있겠는가. 누가 뭐래도 나는 박정희 정부의 정책에 충실히 따른 보람으로 충분한 보상을 받게 되었다.

그것도 일생의 운이라면 운이겠지만, 나름으로는 땅만 믿고 의지했으니 땅에서 보상받는 것이 당연하다는 생각도 든다.

요즘사람들은 직장이나 물건, 사람까지 쉽게 바꾸거나 버린다. 상대방의 마음을 읽기도 전에 돌아서고 직장의 분위기를 파악하기도 전에 이직해 버리는 것이다. 나는 지금까지 내 본분에서 벗어나는 욕심을 부려본 적이 없다. 무엇이든 나와 인연을 맺은 것이면, 정을 주고 사랑을 주어야만 결실을 본다는 생각이다.

술과 담배

남자에게 술과 담배는 여자 이상으로 필요하다고 느끼는 사람들이 많을 것이다. 빠르게는 학창시절부터 술과 담배에 길들여져 건강뿐만 아니라, 주위 사람들에게도 피해를 주는 사례가 흔하다. 나도 젊을 적에는 적지 않은 술을 마셨고 담배도 피웠다. 그런데, 몸이 허약했던 탓인지 갈수록 담배의 후유증이 나타나기 시작하더니 피우기만 하면 어지럼증이 생기는 것이었다.

나는 담배가 내 몸하고 맞지 않는다는 사실을 확인하고는 이내 끊어버렸다. 처음에는 그저 친구들이 권하기도 하고 담배를 피우는 모습이 그럴 듯해서 피우기 시작했는데, 몸에 전혀 백해무익하다는 것을 알게 된 것이다. 요즘 담배는 모양뿐만 아니라, 니코틴 성분의 함량이 다양해서 골라서 피울 수 있지만, 젊을 적에는 담배의 종류가 그리 많지 않았다.

돈 있는 멋쟁이들은 양담배를 피우기도 했지만, 나 같은 시골 사람들은 주로 잎담배를 종이에 말아서 피우는 바람에 몸에 더 좋지 않았던 같다.

어떤 사람들은 담배를 물고 있으면 마음이 편안해진다고 말한다. 밥이나 술을 마신 후 피우는 한 모금의 담배가 꿀맛 같다면서 금연은 생각지도 않는다는 사람들이 애연가들일 것이다. 정부의 금연홍보 덕분에 전보다 담배 피우는 사람들이 많이 줄었다고는 하지만, 아직도 주변사람들을 보면 담배를 안 피우는 사람보다 피우는 사람이 더 많은 것을 볼 수 있다.

술 역시 담배하고 같이 끊은 지 꽤 오래되었다. 친구들이 가끔 술과 담배를 안 하니 무슨 재미로 사느냐고 놀리는데, 그 재미를 잊어버린 터라 전혀 불편함을 모르고 지낸다. 사람의 습관과 버릇이라는 것이 당장 하지 않으면 죽을 것 같아도 조금만 참으면 이내 멀쩡해진다는 사실을 오히려 생각하지 못하기 때문이라고 생각한다.

특히 우리나라 음주문화는 외국에서 조차 유명한 것으로 알고 있다. 친구나 스승을 만나도 꼭 빠지지 않는 것이 술이다. 마치 술을 마시지 않으면 관계가 좋아지지 않는 양 생각하는 것도 문제일 것이다. 밥이나 술을 함께 먹어야 친분이 두터워지는 것이 사실이지만, 그로 인해서 생기는 여러 가지 문제들도 많다는 것을 알아야 할 것이다.

술의 종류만도 수백 가지가 넘지만, 술을 먹는 방법과 조제 방법 또한 기발해서 애주가들은 갈수록 술이 세질 수밖에 없다고들 한다.

술도 좋고 친구도 좋지만 자신의 몸만큼 중요한 게 또 있을까. 이 나이쯤 되고 보니 모든 일은 자신이 정하고 길들이기 나름이라는 생각이 든다. 내가 건강해야 남들도 건강한 시선으로 바라볼 수가 있고, 도움을 줄 수 있다는 것을 애주가들이 한 번 쯤 생각해봤으면 한다.

가화만사성(家和萬事成)

　가화만사성, 집안이 화목하면 모든 일이 잘 이루어진다는 것을 뜻하는 한자어다. 즉 모든 일은 가정에서부터 비롯된다는 말이다.

　가정은 공동생활이 이루어지는 최소 단위이자, 사회생활의 출발점이다. 따라서 공동체의 근간인 가정이 화목하지 않으면 가족 구성원 사이에 갈등이 생기고 의심하고 미워하는 마음이 일어나 결국 서로 반목하게 된다.

　예부터 가정의 화목은 가정을 다스리는 가장 핵심적인 요소이자 사회생활의 근본으로 중시되었다.

　『대학(大學)』에서 격물(格物)·치지(致知)·성의(誠意)·정심(正心)·수신(修身)·제가(齊家)·치국(治國)·평천하(平天下)를 8조

목으로 삼아 집안의 다스림을 강조한 것도 이 때문이다.

격물부터 수신까지는 개인적인 것이고, 제가부터 평천하까지는 공동체를 말하는 것으로 가정을 화목하게 하는 것이 그만큼 중요하다는 말이다.

『명심보감(明心寶鑑)』치가(治家)편에도 '자식이 효도하면 양친이 즐거워하고 가정이 화목하면 만사가 이루어진다(子孝雙親樂 家和萬事成)'는 말이 나온다.

또 조상이 덕을 쌓은 집안에는 반드시 후손에게 경사가 따른다는 뜻의 한자성어 '적덕지가 필유여경(積德之家必有餘慶)' 역시 가화만사성에 뿌리를 두고 있다.

이밖에도 가정의 화목과 관련된 고사나 글 등은 유교 경전이나 서적에 빠지지 않고 등장한다.

'효백행지본(孝百行之本)'이라 하여 효를 모든 행실의 근본으로 보는 것도 가화만사성이 그만큼 중요하다는 것을 반증한다.

가정의 소중함에 대해서는 누구나 잘 알고 있지만, 그 소중한 가정을 이루고 지켜나가기란 쉬운 일이 아니다. 혼자만 잘해서 화목해지

성묘가서 가족과 함께

는 것도 아니고, 우리라는 표현대로 가족을 이루고 있는 구성원 모두
가 제 역할을 할 때 가정은 행복해진다고 생각한다.

예전과 달리 지금은 핵가족 시대라 한 집에 보통 자식이 하나 아니
면 둘이다. 그래서 과잉보호하고 떠받들다 보니, 문제 있는 애들이 많
은 편이라고 한다. 옛말처럼 귀한 자식일수록 엄하게 키워야 하는데,
모든 걸 물질적으로만 해결해주다 보니, 정신력이 약해진다는 소릴
듣는 것이다.

나 또한 감히 훌륭한 아버지라고 자부할 수는 없다. 젊어서는 논으
로 밭으로 일하러 다니느라고 아이들을 제대로 챙겨주지 못하였고,
아이들이 크면서는 문화와 가치관의 차이 때문에 종종 갈등을 겪기도
하였다.

하지만, 고맙게도 내 자식들은 부족한 나를 잘 이해해주었고, 기대 이상으로 자신의 자리를 잘 찾아주었다. 물론 아내의 내조가 있었기에 가능했을 것이다.

아내는 내게 부족한 너그러움과 자애로움을 가지고 자식들을 대하기 때문에 자식들도 나보다는 아내에게 더 정을 붙이는 것 같다. 아비로서 보다 더 많은 애정과 관심을 쏟지 못하여 늘 미안한데, 아내가 대신 그 역할을 해주니 얼마나 고마운지 모른다.

나는 이제 병들어 건강한 몸이 아니다. 큰 욕심을 부릴 수 없음을 누구보다 잘 알고 있다. 살아 있는 날까지 자식들에게 부담주지 않고 흉한 모습 보이고 싶지 않은 것이 소망이다. 그리고 사랑하는 아내가 나보다 더 건강하게 살아주었으면 싶은데, 하늘의 뜻이니 어찌 맘대로 할 수 있겠는가. 그저 마음속으로 간절하게 바라기만 할 뿐이다.

가족의 행복과 아내의 건강의 나의 개인적인 희망이라면 이 시대의 격랑을 직접 겪어 온 촌부로서의 바람이 하나 있다. 다소 공허하게 들릴 수 있겠지만 모든 사람들의 평화가 그것이다.

나만, 내 식구만 잘 살면 무엇 하겠는가. 나와 내 주변, 나아가 우리나라 사람, 전 세계의 모든 인류가 평화롭고 걱정 없는 세상이 되기를 간절히 바란다. 그것을 위해 내가 적극적으로 할 일은 이미 없을 것이다. 다만 그것을 바라는 염원을 가지고 나 하나 세상에 큰 죄 짓지 않고 조용히 살다 시간이 되면 돌아가는 것뿐이라고 생각한다.

후손들도 다행히 내 뜻을 이해하고 묵묵히 주어진 삶을 성실히 살아간다면 더 할 나위 없는 기쁨이 될 것이다. 이제 사랑스런 가족들에게 고마운 마음을 느끼며 두서없는 글을 마치고자 한다.

때로 아쉬움도 많았지만 희망으로 극복해 온 한 촌부이자 작은 가정을 일궈 온 평범한 인간으로써 흙의 향기를 맡으며 대지의 노래에 조용히 귀 기울여 본다.

아내와 함께 케이크를 자르며……

금강산 여행 중에 아내와 함께……

중국여행 중에 아내와 함께 의상을 입고……

아들의 졸업식장에서……

문중 모임에서……

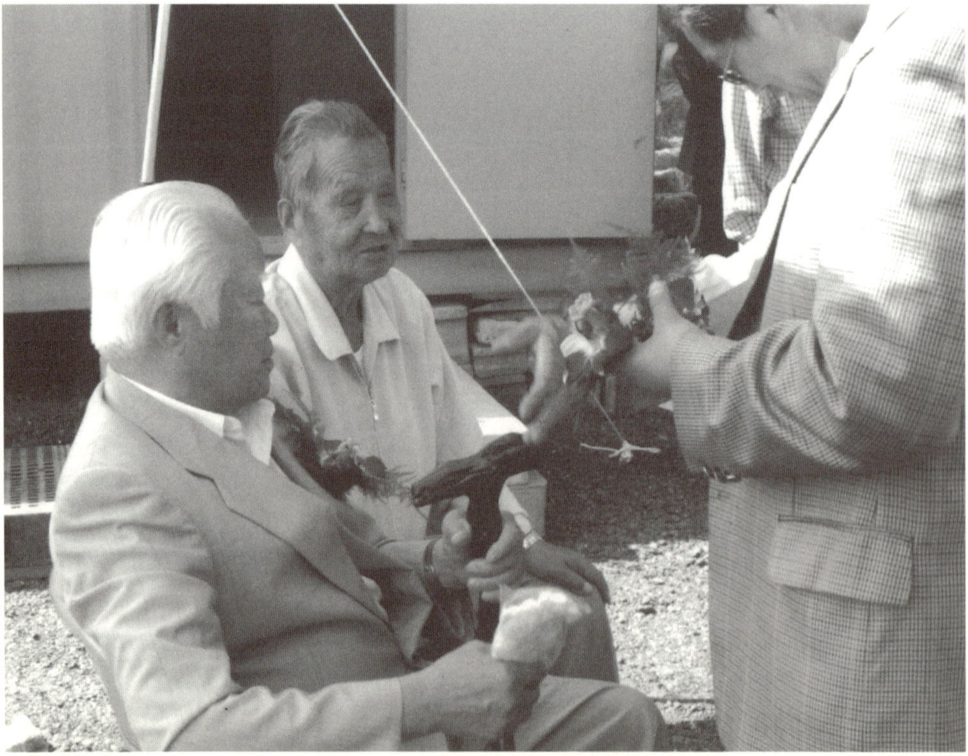

문중 행사에서……

문중 모임에서 감사패를 받던 날 아내와 함께……

청와대 방문 기념

사랑하는 가족들

아내와 함께 여행지에서의 한 때

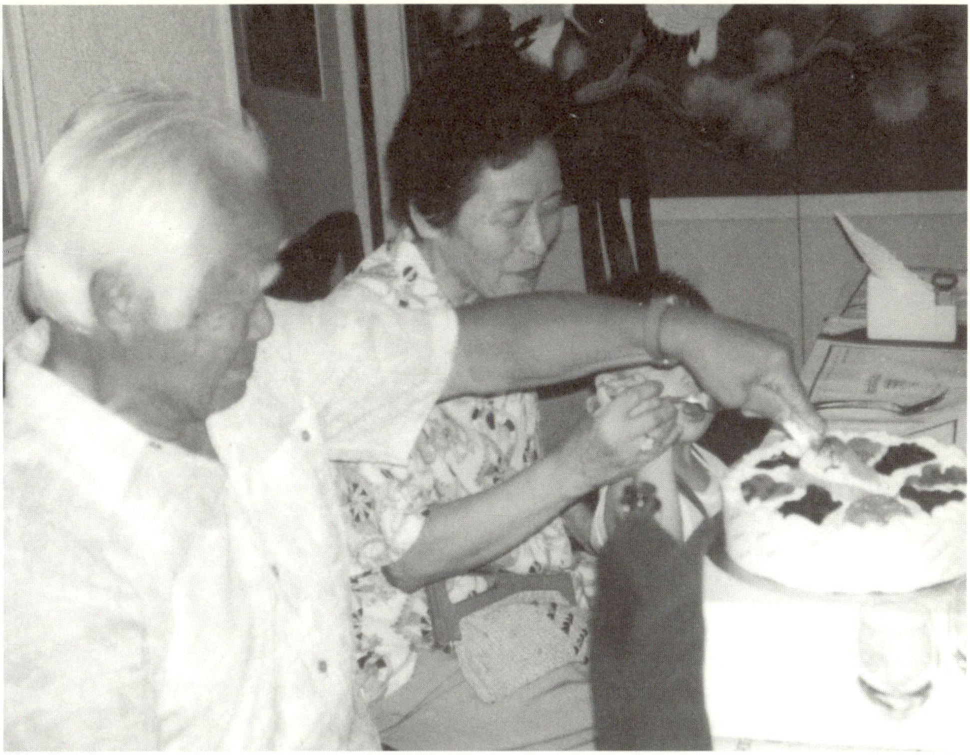

가족 모임에서 아내와 함께 케이크를 자르는 모습

지역 단체 모임에서의 한 때